경험이 건네는
위로와 공감

경험이 건네는

박승민 에세이

위로와 공감

우리는 각자의 경험을 통해
서로에게 위로와 공감을 전한다

렛츠북

프롤로그

우리는 누구나 살면서 원치 않는 초대장을 받을 때가 있습니다.
그것은 너무나 갑작스럽게 찾아와 우리의 마음을 뒤흔들고,
'왜 나에게 이런 일이…'라는 당혹과 절망을 안겨줍니다.

저 역시 그런 초대장을 받은 적이 있습니다.
코로나로 세상이 멈춰 있던 그 시기,
어머니께서 갑작스럽게 위암 선고를 받으셨습니다.
그때의 절망감, 두려움, 그리고 보호자로서 지켜낸 시간들은
저를 완전히 다른 세계로 이끌었습니다.

코로나 시기 병원 문턱은 누구에게도 쉽게 열리지 않았고,
어머니 곁을 지키고 싶어도 지킬 수 없던 순간들이 이어졌습니다.
보호자로서 매일같이 느끼던 그 무력감,
마스크 너머로 삼켜야만 했던 울음과 절망감….
그때 저는 절망스럽고 왜 이런 일이
나에게 일어나는지 이해할 수 없었지만,
그 시간을 통해 저는 더 따뜻한 사람이 될 수 있었다고 생각합니다.

그 경험이 이 책을 쓰는 계기가 되었고,

예기치 못한 초대장처럼 갑자기 낯선 사회로 들어가게 된 분들에게

전하는 작은 위로와 공감을 드리고 싶습니다.

누군가 지나온 어두운 터널의 시간이,

지금 같은 길을 걷고 있는 누군가에게 '당신은 혼자가 아니다'라는

따뜻한 메시지가 되어 닿기를 바랍니다.

저는 이 책을 통해 저를 지탱해 준 가족들에게

감사함을 전하고 싶습니다.

그들이 있었기에 저는 이 책을 통해 또 다른 누군가에게도

작은 희망과 공감을 전할 수 있을 것이라 믿습니다.

박승민

목차

5장

상실의 사회
– 가족의 죽음이 남긴 멈춰버린 시간

1장

우리가 보지 못한 사회들

우리는 같은 도시 하늘 아래 살아간다

아침이면 같은 햇빛을 맞고, 저녁이면 같은 바람 속을 걸어간다.

출근길에는 비슷한 표정으로 지하철에 몸을 싣고,

저녁이 되면 같은 피로를 안고 집으로 향한다.

멀찍이 보면, 이 도시의 사람들은

모두 비슷한 리듬 안에서 살아가는 것처럼 보인다.

어느 누구도 특별히 다르지 않고,

비슷한 하루를 반복하는 것처럼 느껴진다.

하지만 조금만 가까이 다가가 보면,

그 표면 아래에는 전혀 다른 세계가 숨어 있다.

겉으로는 평범한 일상을 살아가는 듯 보이지만,

사람들은 저마다 보이지 않는 또 다른 사회 속에서

각기 다른 무게의 하루를 버티고 있다.

어떤 사람은 암 병동이라는 또 다른 시간 속에서 하루를 보낸다.

그곳의 공기와 일정, 냄새는

밖의 세계와 전혀 다른 속도를 갖고 있다.

병원 복도에서 들리는 바퀴 달린 침대의 소리,

항암실에 가득한 조용한 한숨,

그 모든 것이 하나의 사회를 이룬다.

그들은 치료 일정에 맞춰 하루를 움직이고,

몸의 상태에 따라 감정도 출렁이는 새로운 세계에서 살아간다.

또 다른 사람은 아이가 잠드는 밤마다 펼쳐지는,

말로 표현하기 어려운 전쟁 같은 고요 속에서

하루를 정리한다.

몸은 지쳐 있지만 아이가 새벽에 울까 봐

크게 숨 쉬지도 못하고,

남편 또는 아내와 작은 소리로

대화를 이어가는 어둡고 조용한 시간.

그 순간에도 누군가와 연결된 듯하지만,

동시에 세상에서 가장 고립된 것 같은 기분을 느끼는

또 다른 세계가 있다.

또 어떤 사람은 난임 치료를 받으며

말하지 못한 희망과 절망의 경계에 매달려 하루를 견딘다.

긍정적인 말을 듣고 싶으면서도,

막상 그 말을 들으면 더 아프기도 한 복잡한 감정들.

그 감정들이 모여 작은 사회를 이루고,

그 세계 안에서는 서로의 숨죽인 고통이 언어가 된다.

이렇듯 우리는 같은 곳에 있어도

완전히 다른 세계를 살아가고 있다.

그들은 바로 우리 곁에 서 있지만,

동시에 아주 멀리 떨어져 있는 사람들처럼 느껴지기도 한다.

그들의 세계는 조용하고, 때로는 아프며,

겪어보기 전에는 결코 알 수 없는 감정들로 가득 차 있다.

이 책은 바로 그 '보이지 않는 사회들'에 대한 기록이다.

직접 보고, 듣고, 마주쳤던 이야기들,

스쳐 지나갔지만 오래 머릿속에 남았던 장면들,

그리고 말하지 못해 더 무거웠던 마음들을 글로 꺼내보고자 한다.

그 작은 사회 속 사람들의 숨결과 표정,

그리고 작은 사회에서 감당했던 사람들의 감정의 무게와 경험을

통해 사회에 건네는 따뜻한 마음을 담아내고 싶었다.

큰 사회 속 작은 공동체의 의미

우리가 살아가는 사회는 거대한 하나의 몸처럼 움직인다.

뉴스에서는 오늘도 무언가가 바뀌었다고 말하고,

거리에서는 사람들의 발걸음이 끊임없이 흐른다.

학교에서는 예고된 종이 울리고,

직장에서는 계획된 일정대로 회의가 이어진다.

밖에서 보면

모두가 비슷한 규칙 속에서 비슷하게 살아가는 것처럼 보인다.

하지만 사회는 결코 하나의 세계로 이루어져 있지 않다.

그 큰 사회의 안쪽에는, 곁에서 보이지 않는

수많은 작은 공동체가 촘촘히 숨어 있다.

그 작은 사회들은 겪지 않은 사람에게는 결코 보이지 않는다.

그리고 대부분은 누군가의 아픔이나 어려움을 중심으로

조용히 형성된다.

암 병동의 환자와 보호자들,

난임 치료실에서 대기를 함께하는 부부들,

매일 아이와 또 다른 전쟁을 치르는 부모들.

이들은 자신도 모르는 사이

비슷한 위기, 비슷한 고통,

비슷한 희망을 나누는 공동체의 일원이 된다.

이 작은 공동체에는 법도 없고, 공식적인 규칙도 없다.

조직처럼 구조가 있는 것도 아니다.

하지만 그들 사이에는 자연스레 공통된 언어와 표정이 생겨난다.

서로의 아픔을 굳이 설명하지 않아도 알 수 있는 순간들이 있다.

작은 눈인사 하나, 짧은 고개 숙임 하나만으로

'나도 알고 있다'는 서로의 마음이 전달된다.

이 공동체에 속한 사람들은

밖에서는 보이지 않는 방식으로 서로를 지탱한다.

말보다는 침묵으로,

격려보다는 가만히 옆에 앉아 있는 동행으로,

정의되지 않은 규칙이 자연스럽게 스며들어 그 사회를 움직인다.

겉으로는 하나의 큰 사회처럼 보이는 세상.

하지만 그 안쪽에는

자신만의 고통과 경험으로 연결된

수많은 작은 공동체들이 존재한다.

우리는 그 사실을 거의 보지 못한 채 살아가지만,

그 세계들은 분명히 존재하고,

그 안에서 사람들은 오늘도 묵묵히 하루를 견디고 있다.

왜 그 사회는 밖에서 보이지 않을까?

우리가 살아가는 세상에는

언제나 수많은 감정과 싸우는 사람들이 있지만,

그들의 삶은 대부분 밖에서는 잘 보이지 않는다.

바쁜 일상 속에서 사람들은 각자의 속도를 따라가기에 급하고,

또 남의 삶을 자세히 들여다볼 여유가 있지 않다.

그래서 어떤 이들의 고통과 버팀은

마치 존재하지 않는 듯 흐릿하게 느껴진다.

우리가 그 세계에 발을 들여보지 않았다면,

그들이 어떤 감정으로 하루를 견디는지 상상하기조차 어렵다.

그 사회가 밖에서 보이지 않는 가장 큰 이유는

그 안에 속한 사람들이 스스로 말을 아끼기 때문이다.

아픔이나 고된 과정들은 입 밖으로 꺼낸다고

해결되는 문제가 아니고,

오히려 말하는 순간 다시 꺼내야 하는 감정의 무게 때문에

더 깊은 상처가 되기도 한다.

그래서 많은 사람들은 말을 줄이고,

조용히 자신만의 자리에서 감정을 정리한 뒤 다시 하루를 살아간다.

예를 들어, 난임 치료를 받는 부부는

일상에서 받는 사소한 질문에도 쉽게 무너질 수 있다.

"요즘 어떻게 지내?"라는 평범한 안부조차

그들에겐 마음 깊숙한 곳을 흔드는 질문이 될 수 있다.

그저 일상을 버티기에도 힘든데,

그 어려움을 설명하는 일은 더 벅차게 느껴진다.

그래서 그들은 별다른 말 없이 병원과 집을 오가며

그 조용한 사회 안에서 서로를 붙잡고 버틴다.

암 환자의 보호자 역시 마찬가지다.

이들의 하루는 치료 일정에 맞춰 움직이고,

환자의 몸 상태에 따라 감정이 요동치는 세계 속에 있다.

하지만 이 사실을 주변에 하나하나 설명하는 일은 쉽지 않다.

설명한다고 해서 누군가 대신 아파주는 것도 아니며,

차라리 말을 아끼는 것이

조금이라도 마음을 다스리는 데 도움될 때가 있다.

그래서 그들의 세계는 더욱 가려지고,

밖에서는 아무 흔적도 드러나지 않은 채

멀리서만 희미하게 느껴진다.

육아 사회 역시 마찬가지다.

갓 태어난 아이와 함께하는 시간은

말로 표현하기 어려운 기쁨과 동시에

말로 표현하기 더 어려운 고됨이 함께 있다.

아이는 하루에도 수십 번 울고,

부모는 그 울음 속에서 자신의 하루를 다시 마주하게 된다.

밤새 깨는 아이 곁에서,

부부는 조용히 서로에게 의지하며 눈빛으로만 안부를 묻는다.

이토록 고된 시간들이 쌓여 있음에도,

부모들은 종종 그 이야기를 담담하게 말한다.

누군가 쉽게 위로하려 들거나,

단순히 "다 그런 거야"라고 말해버리면

그것이 오히려 더 큰 외로움으로 돌아오기 때문이다.

이렇듯 작은 사회가 밖에서 보이지 않는 이유는

아픔이나 부담을 감추려는 것이 아니라,

그 감정들이 너무 개인적이고 너무 깊기 때문이다.

설명할수록 더 낯설어지는 감정들이 있고,

말할수록 더 외로워지는 순간들이 있다.

그래서 많은 사람들은 그저 침묵으로 하루를 견디고,

그 조용한 사회 안에서

서로의 존재를 작은 눈빛 하나로 확인하며 살아간다.

하지만 진짜 중요한 건,

그 사회가 '보이지 않는다'는 사실을 깨닫는 순간이다.

우리가 그 사회에 발을 들인 적이 없어서,

또는 그 사회에 속한 사람을 깊이 들여다보지 않아서

보지 못했을 뿐이라는 사실을 알게 되는 순간.

그때 우리는 처음으로 세상이 조금 다르게 보이기 시작한다.

나와 상관없다고 생각했던 세계가

사실은 늘 내 옆을 스쳐 지나가고 있었음을 깨닫게 되는 것이다.

거리에서 마주친 누군가의 표정,

엘리베이터에서 잠시 눈을 내리깐 사람,

지하철에서 조용히 앉아 있던 사람의 숨결 속에도

보이지 않았던 다른 사회가 있었다는 사실을 조금씩 이해하게 된다.

그리고 어느 날, 갑자기

그 사회의 문턱에 서게 되는 순간이 찾아온다.

예고 없이 손에 쥐어진 진단서 한 장,

병원에서 조용히 건네진 결과지 한 장,

그 문턱에 서는 순간,

그동안 보이지 않던 세계가 선명하게 모습을 드러낸다.

그때 비로소 사람들은 깨닫는다.

'아, 이 사회는 사실 늘 존재해 왔구나.'

'내가 보지 못했을 뿐이었구나.'

이 작은 깨달음은 때로 아프고, 때로 따뜻하다.

아프다는 건 내가 그 사회 속에 들어섰다는 뜻이고,

따뜻하다는 건 그곳에도 누군가 함께 서 있기 때문이다.

이처럼 작은 사회들은 겉으로는 잘 보이지 않지만,

누군가에게는 하루를 버티게 만드는 이유이기도 하고,

누군가에게는 다시 살아갈 힘이 되기도 한다.

그리고 우리는 언젠가 그 사회들 중 하나에 들어서서,

그동안 보지 못했던 감정을 이해하고

세상을 이전보다 조금 더 깊게 바라보게 된다.

그 사회에 들어서는 순간
- 세상이 달라지는 순간들

사람이 어떤 작은 사회에 들어서는 순간은 대부분

아주 일상적인 형태로 찾아온다.

그것은 거창한 사건이나 드라마 같은 일이 아니다.

오히려 너무 조용해서,

그 순간이 자신의 삶을 갈라놓는 경계가 될 줄 미처 알지 못한다.

병원에서 건네받은 진단서 한 장,

초음파 사진을 확인하는 몇 초의 침묵,

아이의 새벽 울음 한 번,

누군가의 말 한마디 혹은 말하지 않음,

그 사소해 보이는 순간이 사람을 전혀 다른 세계로 데려간다.

그리고 그 세계로 들어서는 순간,

사람은 이전과 완전히 다른 눈으로 세상을 바라보게 된다.

진단서 한 장이 열어버린 또 다른 시간

주기적으로 하던 건강검진을 마치고,

이전과 크게 다르지 않게 결과를 들으러 병원에 갔다.

그녀는 의사가 조심스럽게 말을 꺼낼 줄은 몰랐다.

"조금 더 자세한 검사가 필요할 것 같습니다."

이 말은 일상에서 흔히 들을 수 있는 말처럼 들리지만,

심장은 그 순간 미세하게 흔들렸다.

하지만 그 흔들림을 무시하곤 한다.

사람은 불안이 닿지 않기를 바라는 방향으로

생각하고 싶어 하는 법이다.

며칠 뒤, 정확한 진단서가 손에 올려졌다.

딱 한 장이었다.

종이의 두께는 얇았지만

그 종이가 삶의 무게를 완전히 바꿔버렸다.

병원 복도로 걸어 나오던 그 순간,

세상이 조금 기울어져 있는 듯했다.

주변 사람들이 평소처럼 이야기하고 웃고 움직였지만

그 소리가 닿지 않는다.

눈앞에 흐르는 풍경이 여전히 똑같았지만

그 안에서 완전히 고립된 사람처럼 느껴졌다.

며칠 후 항암실에 처음 들어갔을 때,

그녀는 이전과 완전히 다른 공기를 느꼈다.

밖의 세계는 빠르고 시끄럽고 다양한 소리들로 가득했는데,

항암실은 이상할 정도로 조용하다.

사람들은 숨을 크게 쉬지 않았고

눈빛을 맞추는 것도 조심스러워 보인다.

그리고 그곳에서 처음 느낀 감정은

의외로 '두려움'이 아니다.

가장 강하게 느낀 감정은

'여기가 원래 존재하던 세계였구나' 하는 사실이었다.

자신이 발을 들여놓기 전까지는

병원 복도의 무거운 공기,

환자들의 느린 걸음,

보호자들의 미묘한 표정이 보이지 않았던 것이다.

사람들은 생각한다.

'왜 나는 지금에서야 이 세계를 보게 된 걸까?'

그 이유는 단순했다.

이전에는 '바깥의 사회'에서만 살았고

그 바깥은 너무 바쁘고 너무 빠르며

타인의 하루에 깊이 들어갈 틈이 없었기 때문이다.

그날 이후로 도시의 풍경이 달라져 보인다.

지하철에서 피곤한 얼굴로 앉아 있는 사람을 보면

'저 사람도 어쩌면…' 하고 생각하게 된다.

길에서 누군가가 천천히 걷는 이유가

단순한 행동이 아니라

그 사람이 버티고 있는

삶의 무게 때문일지도…

세상이 달라진 게 아니라,

둘러싼 감정의 해상도가 달라진 것이다.

초음파 사진 한 장이 만들어 낸 감정의 지도

난임 치료를 시작한 한 부부가 있었다.

처음 병원에 방문했을 때,

그들은 이곳이 하나의 작은 사회라는 사실을 알지 못했다.

대기실에는 서른 명 가까운 사람들이 있었는데

모두 같은 표정을 하고 있었다.

말하지 않아도 서로가 무엇을 기다리는지 알고 있었고,

누군가가 조용히 눈을 감고 있으면

다른 사람들은 시선을 거두고 기다려 주었다.

이곳에는 세 가지 감정이 항상 함께 있었다.

희망과 절망, 그리고 희망을 잃지 않기 위한 애쓴 마음.

부부는 어느 날 의사로부터 짧게 결과를 들었다.

짧은 말이었지만 그 말은

두 사람의 감정을 또 다른 세상으로 이끌었다.

그들의 집으로 돌아오는 길,

거리의 아이들 웃음소리도,

마트에서 들려오는 밝은 안내 멘트도

전혀 다른 방향으로 가슴에 들어왔다.

전에는 아무렇지 않던 풍경이

갑자기 너무 먼 이야기가 되어버렸다.

하지만 시간이 흘러

그 대기실에 몇 번 더 앉아 있게 되면서

그들은 이전과는 전혀 다른 감정을 배우게 된다.

말하지 않아도 상대의 마음을 읽는 법,

짧은 눈인사만으로도 위로가 되는 경험,

비슷한 고통을 가진 사람들끼리

단단해지는 조용한 연대감.

그리고 어느 순간 깨닫는다.

바깥의 사회에서 쉽게 던지는 말들이

사람의 마음을 얼마나 깊게 흔드는지.

누구의 악의도 없는,

가볍고 사소한 말 한마디가

작은 사회 안에 있는 사람에게는

무게를 가진 돌처럼 느껴질 때도 있다는 사실을.

그들은 그 사회에 들어서며

말의 무게를 배우고,

사람이 감정을 어떻게 품고 버티는지 배우게 된다.

이혼 서류 한 장이 가져오는 세계의 전환

이혼의 사회 역시

어떤 공식적인 시작이 있는 것도 아니다.

누군가 알려주는 규칙이 있는 것도 아니다.

하지만 한 장의 도장, 혹은

마지막 대화에서 흘러나온 결정적인 한 문장이

사람을 순식간에 그 세계의 구성원으로 데려다 놓는다.

한 부부가 있었다.

결혼 전, 그들은 주변에서 이혼 소식을 들을 때마다

솔직히 이해하지 못했다.

'뭐가 그렇게 어려웠을까?'

'서로 조금만 더 참으면 되지 않았을까?'

그들은 그렇게 생각했던 적도 있었다.

하지만 관계의 균열이 쌓이고,

대화가 점점 줄어들고,

서로의 표정을 읽는 일이 두려워지는 시간을 수없이 지나고,

마침내 이혼 서류 위에 두 사람의 이름이 나란히 놓인 그날,

그들은 이해했다.

함께 살던 집을 정리하며

서랍 속에서 섞여 나온 두 사람의 흔적들을 분리해야 하는 순간,

텅 빈 집을 둘러보며

'이제 이곳엔 아무도 돌아오지 않는다'는 사실을 마주하는 순간.

그때 느끼는 감정은

자유도, 후련함도 아닌

'무너지지 않기 위해 견딜 수밖에 없는 감정의 절벽'이었다.

그제야 그들은 알았다.

이혼의 사회는 결심하는 날 시작되는 것이 아니라

가슴이 천천히 무너져 내려

결국 다시는 되돌릴 수 없는 지점에 도달했을 때

비로소 시작되는 세계라는 것을.

이혼의 사회에 들어가는 순간

세상을 바라보는 시선도 달라진다.

예전에는 혼자 아이 손을 잡고

뛰어가는 한부모를 보아도

그저 스쳐 지나가는 풍경이었지만,

이제는 그 장면이

묵직한 연대감처럼 가슴을 누른다.

예전에는 지친 얼굴로 일터를 향하는

이혼남·이혼녀를 보면서 '힘들겠네' 정도로만 느꼈다면,

이제는 그 얼굴 속에 들어 있는

죄책감, 홀가분함, 두려움, 새로운 결심 같은

수많은 감정의 켜가 선명하게 느껴진다.

이혼을 겪고 난 사람은

세상을 바라보는 눈이 이전보다 단단해지면서도
더 따뜻해진다.
다들 제자리에서 살아가는 것처럼 보이지만,
속으로는 각자의 아픔을 안고
다시 시작하고 있을 수 있다는 사실이
살갗처럼 와닿기 때문이다.
그들은 더 이상
누군가의 실패나 아픔을 가볍게 말하지 않는다.
누군가의 울음이
누군가의 침묵이
누군가의 이별이
결코 단순한 이야기가 아니라는 것을
자신의 경험으로 알고 있기 때문이다.
이혼의 사회는
겉으로는 조용하고 차갑게 보이지만
그 안에는 끝내 부서지지 않은 사람들의 버티는 힘이 있고,
다시 사랑하고 싶어지는 마음이 있고,
서로를 이해해 주는 시선이 있다.
그리고 그 사회를 지나온 사람들은
세상을 조금 더 깊게,
사람을 조금 더 부드럽게 바라보는 법을 배우게 된다.

왜 그 사회에 들어서면 세상이 달라져 보일까?

그 이유는 단 한 가지다.

겪지 않은 감정은 결코 보이지 않기 때문이다.

우리는 어떤 사회에 속하기 전까지는

그 사회의 언어도, 공기와 분위기도 느낄 수 없다.

사람들이 어떤 마음으로 하루를 버티는지

상상조차 되지 않는다.

하지만 그 사회의 문턱을 넘는 순간

사람은 비로소 감정의 깊이를 깨닫는다.

그리고 그 깊이는

그 사람의 시선을 바꾸고,

세상을 바라보는 기준을 바꾸며,

다른 사람을 대하는 태도마저 바꿔놓는다.

큰 사회는 여전히 그대로지만

작은 사회를 경험한 사람의 마음은

이전과는 완전히 다른 방향으로 열려 있기 때문이다.

그렇게 작은 사회들에 들어선 사람들은

비로소 깨닫는다.

아, 이 사회는 원래부터 존재하고 있었구나

2장

투병의 사회

환자와 보호자가 함께
버티는 세계

진단이 열어버린 또 다른 세계

- 환자와 보호자의 '첫 진입'

암 진단이라는 말은 사람의 삶을 순식간에 다른 결로 바꿔버린다.

그렇다고 그 순간이 극적인 장면처럼 찾아오는 것은 아니다.

놀랍게도, 정말 조용하게 찾아온다.

병원 복도에서 의사가 건네는 단 한 줄,

컴퓨터 화면에 비친 숫자 하나,

혹은 정밀 검사를 권유하는 담담한 말투.

대부분의 사람들은 그 말을 듣는 순간

'설마 나에게 이런 일이 생길 리는 없겠지'라는

본능적인 방어심부터 떠올린다.

하지만 바로 그 순간부터,

환자와 보호자는 기존 세계와 다른 문 앞에 서 있다.

보통은 그 사실을 바로 알아차리지 못한다.

일상은 계속 흘러가고,

세상은 여전히 같은 속도로 움직이기 때문이다.

그러나 진단서를 손에 쥐는 순간

사람은 더 이상 '바깥의 사회'에 온전히 속해 있지 않다.

눈으로는 같은 도시, 같은 거리, 같은 풍경을 보지만
그 속에서 느끼는 감정은 완전히 달라진다.
마치 같은 장소에 있으면서도
다른 결의 공기를 마시는 사람처럼 된다.

'무언가 잘못되었다'는 감각

정밀 검사 결과를 기다리는 사람들은
의외로 처음 며칠을 잘 견딘다.
아직 확정된 것이 없고,
사람은 희망이 있는 방향으로 스스로를 설득하는 데
아주 능숙하기 때문이다.
그러나 환자든 보호자든
몸속 깊은 곳에서 미세한 떨림이 일어나는 것을 숨길 수 없다.
잠을 자려고 누우면 생각이 스스로를 잡아끌고
평소보다 더 쉽게 지치며
아무리 다른 생각을 해보려 해도
결과가 머릿속에 둔탁하게 남아 움직이지 않는다.
이 처음의 며칠 동안
환자와 보호자는 서로의 감정을 보지 않으려 한다.
서로 걱정할까 봐,
서로 불안해할까 봐,

서로가 버티고 있다는 사실을 들키기 싫어서.

"괜찮을 거야."

"설마."

"요즘은 워낙 검사도 민감해서 그래."

이런 말들은 서로를 위로하는 말인 동시에

스스로에게 주문처럼 되뇌는 말이다.

하지만 이런 말들이 아무리 겹겹이 쌓여도

마음 깊은 곳에서 올라오는 불안감은 쉽게 지워지지 않는다.

그리고 그 불안은

결과지를 받는 순간 폭발적인 현실로 바뀌어 버린다.

진단서를 받는 순간, 세상의 색이 바뀐다

진단서가 손에 쥐어지는 순간의 공기는

말로 표현하기가 어렵다.

의사가 설명을 이어가는 동안

환자와 보호자 사이에 흐르는 침묵은

서로를 더욱 선명하게 흔든다.

의사의 목소리는 이어지고

단어들은 가볍지 않은 무게를 품고 있다.

'종양', '치료 계획', '추가 검사', '확정 단계' 같은 말들이

환자의 귀와 보호자의 가슴 사이에서 둔탁하게 울린다.

환자는 갑작스러운 현실감에

몸이 약간 식는 듯한 느낌을 받는다.

어디가 아픈지, 지금 어떤 상태인지 정확히 느끼지도 못한 채

머릿속에서는

'내가 정말 암인가?'라는 단순하면서도 절박한 의문만 맴돈다.

반면, 보호자는 다른 감정을 먼저 느낀다.

환자를 바라보는 순간

마음이 내려앉는 느낌,

속이 뜨겁게 뒤틀리는 듯한 감정,

그리고 가장 먼저 떠오르는 죄책감.

'왜 나는 미리 몰랐지?'

'내가 더 챙겨줬다면…?'

'지금 내가 뭘 해야 하지?'

그 어떤 말도 입 밖으로 나오지 않고

그저 눈물이 고이는 순간들이 있다.

하지만 보호자는 거의 항상 그 눈물을

확인되지 않은 감정처럼 숨긴다.

'환자가 볼까'라는 두려움이 가장 크기 때문이다.

진단서를 받은 뒤

밖으로 나오는 순간

둘은 같은 길을 걸어도

다른 속도로 흔들린다.

세상은 그대로인데
둘의 세상은 완전히 변해버린 것이다.

치료 스케줄을 처음 받아들일 때 생기는 '두 세계의 차이'

진단 후 가장 현실적으로 다가오는 것은
'치료 스케줄'이다.
한 달, 두 달, 혹은 그보다 더 긴 기간 동안
정기적인 검사를 받고
항암이나 방사선 치료를 해야 한다고 들으면
환자와 보호자 모두
이제 자신들이 '투병의 사회'에 발을 들였음을 자각한다.
환자는 치료 계획과 함께
어떤 약을 쓰는지, 어떤 부작용이 있는지,
체력이 얼마나 버틸 수 있을지 등에 집중한다.
자신의 몸에 일어날 변화를
어떻게든 '지식'으로 준비하려는 마음이 강하다.
반면 보호자는 환자의 몸보다
환자의 '감정'을 먼저 걱정한다.
혹시 무서워할까,
혹시 며칠 동안 못 먹는 건 아닐까,
누구에게 도움을 청해야 할까,

그리고 이런 상황을

어디까지 주변에 말해야 할까 고민한다.

같은 사실을 들었지만

각자 받아들이는 방식은 완전히 다르다.

같은 장소에 있어도

두 사람의 세계는 명확히 나뉘기 시작하는 것이다.

보호자가 느끼는 '보이지 않는 첫 번째 충격'

진단 직후 가장 크게 무너지는 사람은

사실 환자만이 아니다.

보호자도 첫 충격을 매우 강하게 받는다.

하지만 보호자의 충격은

환자 앞에서는 잘 드러나지 않는다.

보호자에게는

'내가 흔들리면 안 된다'는 의무감이 생기기 때문이다.

이 의무감은 아무도 가르쳐 주지 않았고

누구도 강요하지 않았지만

거의 모든 보호자가 스스로 떠안는다.

그러나 진단 이후 보호자에게 찾아오는 감정은

환자와 조금 다르다.

환자는 자신의 몸이 아프다는 사실을 중심으로

현실을 받아들이기 시작한다.

몸이 실제로 변하고, 치료의 영향이 나타나기에

감정과 몸이 함께 변한다.

반면 보호자는 몸이 아니라 '마음'만 독하게 흔들린다.

아침에 일어나면 가장 먼저 환자를 떠올리고

하루 일정도 환자 중심으로 조정하게 된다.

스트레스를 받아도 환자에게 티를 내지 않으려 하면서

혼자만의 공간에서 고개를 숙이고 울기도 한다.

이 감정의 균열은 환자가 모르는 사이에

보호자가 먼저 경험하는 '투병 사회의 문턱'이다.

일상의 풍경이 달라져 보이는 순간

진단을 받은 지 며칠이 지나면

둘은 전혀 다른 방식으로 세상을 보기 시작한다.

멋대로 흐르던 일상의 시간들이

이제는 지나치게 빨리 흘러가거나,

혹은 느리게 늘어지는 것처럼 느껴진다.

길을 지나가다가 건강해 보이는 사람들,

웃고 떠드는 사람들,

빠르게 걸음을 옮기는 사람들을 보면

가끔은 부러움이 스치고

가끔은 설명할 수 없는 허무함이 밀려온다.

그러나 더 큰 변화는 거리의 풍경이 아니라

사람의 '표정'이 다르게 보이기 시작한다는 것이다.

예전에는 관심 없이 지나쳤던

힘없이 걸어가는 사람,

병원 봉투를 든 사람,

피곤한 얼굴로 서 있는 사람의 모습이

유난히 깊게 마음에 들어온다.

그때 둘은 깨닫게 된다.

이 세계는 원래 있었는데

내가 이제야 보게 된 것일 뿐이라는 사실.

투병의 사회는

진단서 한 장으로 갑자기 생긴 것이 아니라

이미 세상 곳곳에 존재하던 세계였다.

단지 그 안에 들어가기 전까지는

너무 조용해서 들리지 않았고

너무 조심스러워서 보이지 않았던 것뿐.

환자와 보호자 사이의 관계가 바뀌기 시작한다

진단이 확정된 뒤 환자와 보호자는

서로에게 전보다 훨씬 가까워진다.

하지만 그 가까움은 따뜻함만 있는 것이 아니다.

새로운 책임감과 불안이

두 사람의 관계 속으로 스며들기 때문이다.

환자는 보호자를 바라보며

미안함과 고마움을 동시에 느낀다.

'나 때문에 힘들어질까?'

'나 때문에 울지는 않을까?'

환자는 이런 마음을 말하지 못한 채 혼자 삼킨다.

보호자는 환자가 느끼는 이 감정을

놀랍도록 정확하게 읽어낸다.

그래서 보호자는 더 밝은 표정으로 환자를 대하려 한다.

그러나 그 미소 뒤에는

무너져 내리는 마음을 숨기기 위한

엄청난 노력과 긴장이 깔려 있다.

이렇듯 첫 진단 후의 시간은

환자와 보호자가 서로 다른 방식으로 흔들리고

서로 다른 방식으로 버티는

아주 고요하지만 격렬한 과정이다.

결국 진입의 순간은 '두 세계를 알아가는 과정'

진단은 환자에게는 몸의 변화로 시작되지만,

보호자에게는 마음의 변화로 시작된다.

두 사람은 같은 사실을 마주하지만

전혀 다른 방식으로 아파하고

전혀 다른 방식으로 버틴다.

그러나 이 차이 때문에

두 사람은 점점 더 깊게 연결된다.

이견이나 오해가 생기기도 하지만,

결국 서로가 서로를 향해 버티는 마음은

같은 점으로 모인다.

그리고 어느 날 환자도, 보호자도 깨닫게 된다.

'우리는 이제 다른 세계에 들어왔다.'

'하지만 이 세계에서 우리는 함께 걸어갈 것이다.'

이 깨달음은 투병의 사회로 들어선 사람들이

처음으로 맞이하는 아주 조용하고도 거대한 전환점이다.

병동과 항암실의 조용한 연대

- 말 없는 위로의 사회

암 병동에 처음 들어가는 사람들은 모두 비슷한 충격을 경험한다.

처음에는 병원의 냄새가 낯설고,

침대마다 환자들이 누워 있는 모습이

어떤 사람에게는 너무 현실적이고,

어떤 사람에게는 너무 비현실적으로 느껴진다.

하지만 며칠이 지나고, 몇 번의 방문이 반복되기 시작하면

그 낯선 공간은 어느새

하나의 조용한 세계가 된다.

너무 조심스럽고, 너무 느리고, 너무 절제된 세계.

이곳에서는 누구도 큰 소리를 내지 않고,

누구도 다른 사람의 감정에 불필요하게 들어가려 하지 않는다.

그러나 이 침묵과 조용함 속에서

사람들은 서로를 깊이 이해하고 있다.

말하지 않아도 읽히는 눈빛의 언어,

한숨의 길이,

의자에 앉아 손을 모으는 방식,

병실 밖 복도에서 천천히 걸어오는 발걸음.

그런 모든 것이 서로가 어떤 감정인지 알려준다.

여기서는 말이 적고, 대화가 짧지만,

그 짧은 대화 안에는 깊은 무게가 함께 들어 있다.

이 공간에서는 모두가 '제한된 정보'를 가지고 버틴다

암 병동의 환자와 보호자는

언제나 정보의 부족함과 싸운다.

오늘 검사 결과는 어떤 의미인지,

이번 약의 부작용은 얼마나 심할지,

다음 치료가 몸을 얼마나 흔들지,

예상보다 치료가 길어지는지,

일주일 안에 몸의 상태가 어떻게 변할지.

아무도 정확히 모른다.

의사조차 '확률'과 '가능성'으로 설명할 뿐이며,

모든 결정은 "지켜보자", "반응을 보자"라는 말로 이어진다.

그래서 환자와 보호자는

언제나 불확실성 속에서 하루를 견뎌야 한다.

그리고 이 불확실성은

사람을 극도로 민감하게 만들면서도

믿기지 않을 만큼 단단하게 만든다.

암 병동에서 사람들은

미래를 장기적으로 바라보지 않는다.

대부분의 환자와 보호자는

'다음 치료까지', '이번 주까지', '내일 검사까지'

이 짧은 시간 단위로 마음을 다스린다.

길게 계획을 세우면

기대와 두려움이 너무 커져 견딜 수 없기 때문이다.

이렇게 제한된 정보를 가지고

사람들은 매일 작은 결심을 하며 살아간다.

그리고 그 결심은 대부분

아주 조용하고 그 누구에게도 들리지 않는 곳에서 이루어진다.

예측할 수 없는 상황 속에서 서로를 의지하는 사람들

암 환자들은 서로를 잘 보지 않는 것처럼 보이지만

사실은 서로의 기척과 상태를 매우 예민하게 느낀다.

새로 들어온 환자가 눈물을 훔치고 있다면

기존 환자들은 자연스럽게 시선을 돌린다.

슬픔을 드러내지 말라는 뜻이 아니라,

'울어도 괜찮다'는 비언어적 배려다.

또 어떤 환자가 치료 도중 얼굴이 하얗게 질리면

옆 침대의 환자는

스스로 몸을 조금 움직여 간격을 더 두어준다.

말은 없지만

서로의 고통을 건드리지 않으려는

침묵의 연대다.

그리고 보호자들 사이에도

아주 특별한 연대가 생겨난다.

병실 입구에 서서

환자가 나오는 모습을 멀찍이 지켜보는 보호자들,

커피 자판기 앞에서 잠시 허리를 굽힌 채

숨을 가다듬는 보호자들,

검사 결과를 듣고 나오는 보호자들의

굳어 있는 표정.

그 모습 하나하나를 보며

서로는 이렇게 생각한다.

'저 사람도 나와 같은 하루를 버티고 있구나.'

'저 사람도 오늘 힘든 시간을 지나고 있겠지.'

'저 표정은 아마 결과가 좋지 않았던 것 같구나…'

말 한마디 건네지 않아도

보호자들은 서로의 마음을 정확하게 이해한다.

이해할 수밖에 없다.

모두 같은 무게를 가슴속에 품고 버티는 사람들이니까.

불안함을 말로 꺼내지 못하는 이유

이 사회의 가장 큰 특징은
사람들이 불안을 말로 꺼내지 않는다는 것이다.
말하는 순간
그 불안이 더 선명해지고
마음에 깊이 새겨질 것 같아서다.
환자는 보호자에게
"나 너무 무서워"라는 말을 쉽사리 하지 못한다.
그 말을 꺼내는 순간
보호자에게 더 큰 부담과 슬픔을 줄 것 같아서.
그리고 보호자도 환자에게
"나도 너무 힘들어"라는 말을 하지 않는다.
환자가 그 말을 들으면
자신 때문에 고통받는다고 느낄까 두려워서.
그래서 그들은 불안을 말로 나누지 않고
오히려 말하지 않음으로써
서로를 지키려 한다.
침묵은 때로 사람을 더 외롭게 만들기도 하지만
투병이라는 상황에서는
침묵이 서로에게 가장 큰 위로가 되기도 한다.

말하지 않아도 서로 바라는 마음은 같다

암 병동에서

환자와 보호자가 서로에게 가장 많이 보내는 메시지는

말로 하지 않는 기도 같은 바람이다.

'제발 이번 치료만 잘 지나가길.'

'오늘은 조금이라도 덜 아프면 좋겠다.'

'부작용이 너무 심하지 않기를….'

'오늘 밤은 푹 잤으면….'

특히 보호자의 마음은

상상을 초월할 만큼 간절하다.

자신은 아무것도 할 수 없다는 사실이

보호자를 더 절박하게 만든다.

환자의 통증을 덜어줄 수도,

혈액 수치가 더 좋게 나오게 할 수도,

부작용을 무조건 막아줄 수도 없다.

할 수 있는 일은 그저 옆에 있는 것뿐.

그래서 보호자들은 눈에 보이지 않는 방식으로

환자에게 간절한 바람을 보낸다.

손을 잡아주는 순간,

물컵을 건네는 순간,

침대 옆에서 조용히 서 있는 순간마다

그 바람이 담긴다.

그렇게 조금씩 마음이 이어진다.

이것이 바로 '조용한 연대'의 근본적인 형태다.

오래오래 잘 버텨주길 바라는 절실함

암 환자와 보호자 사이에는

말로 표현하기 어려운 바람이 있다.

그 바람은 희망이면서 동시에

두려움의 반대말이기도 하다.

'오래 버텨줘야 한다.'

'힘들어도 조금만 더 견뎌주길.'

'지금 보이는 이 미세한 호전이 내일도 이어지길.'

'한 번의 기적이라도 좋으니, 제발 이겨내 주길.'

이 바람은 사랑이 깊어서 간절해지는 것이기도 하고,

그 사랑이 두려움과 맞닿아 있기 때문에

더 복잡해진다.

그리고 이 바람은 서로에게 직접 말하지 않아도

이미 상대의 가슴 속에 스며들어 있다.

그걸 말로 꺼내는 순간

너무 슬퍼질 것 같아서

서로는 그 바람을 조심스럽게 숨긴다.

하지만 숨긴다고 해서

마음이 사라지는 것은 아니다.

오히려 숨길수록

마음은 더 선명하고 절실해진다.

보호자들의 조용하고도 이기적인 기도

'내 사람만은 기적적으로'

암 병동의 보호자라면

거의 모든 사람이 똑같은 마음을 품고 있다.

그 마음은 이렇게 말한다.

'여기 있는 모든 사람에게 기적이 일어나면 좋겠다.

하지만… 그중에서도

내 사람이 꼭 살아남았으면 좋겠다.'

이 마음이 이기적인가?

그렇지 않다.

사람은 자신이 사랑하는 이를

생명으로 붙잡고 싶어 하는 존재이기 때문이다.

다만 보호자들은 이 마음을 절대로 겉으로 드러내지 않는다.

겉으로는 다른 환자들의 회복을 진심으로 바라면서도,

속으로는 자신의 환자에게 조금 더 큰 기적이 오길 바란다.

그 바람은 사랑이 깊을수록 더 절박해지고

절박할수록 더 숨기게 된다.

말하는 순간 그 이기적인 마음이 너무 선명해져

누군가에게 미안해질 것 같아서.

하지만 이 조용한 이기심은 사실 사랑의 다른 언어다.

사람이 사람을 깊이 사랑하면

그 사람의 생명만큼 간절한 것도 없으니까.

서로의 고통을 건드리지 않으면서도
서로를 지켜보는 '침묵의 공동체'

암 병동에는

마주 보고 울거나

손을 꽉 잡고 이야기를 나누는 장면만 있는 것이 아니다.

오히려 대부분의 시간은

아무 말도 하지 않는 가운데 흘러간다.

그러나 이 침묵이 서로를 더 멀게 만드는 것이 아니라

더 깊게 이어준다.

가끔은 침대 커튼이 살짝 열려

옆 침대 환자가 팔을 들고 기지개를 켜는 모습이 보인다.

그 작은 움직임이

'오늘은 조금 덜 아픈가 보다'라는 희망이 되기도 한다.

또 가끔은 복도에서

어떤 보호자가 눈을 감고 잠시 숨을 고르는 모습이 보인다.

그 순간 다른 보호자는 시선을 피하며

그 사람의 감정을 존중한다.

서로가 서로를 아프지 않게 하기 위해

간격을 조금씩 조절하는 사회.

몸과 마음의 거리를 직접 말하지 않아도

센티미터 단위로 읽어내는 세계.

이것이 바로 투병의 사회만이 가지고 있는

섬세한 연대의 방식이다.

아무도 설명해 주지 않아도 모두가 터득하는 희망의 방식

암 환자와 보호자는

자신만의 방식으로 희망을 붙잡는다.

희망은 거창하지 않다.

'오늘은 구토가 적었다.'

'어제보다 조금 더 걸었다.'

'아침에 스스로 일어났다.'

'오늘은 얼굴빛이 조금 좋다.'

이런 사소한 변화들이 이 사회에서는

거대한 기적으로 느껴진다.

병동의 환자와 보호자는 이 작은 움직임 하나하나에 의미를 건다.

안 그렇다면 불안이 너무 커서 버틸 수 없기 때문이다.

그리고 언젠가

어떤 환자가 갑자기 호전되었다는 이야기가 들려오면

보호자들의 마음속에는 말하지 않는 작은 희망이 피어난다.

'저 사람도 좋아졌으니… 우리도 혹시…?'

이 희망은 절실함과 두려움이 함께 섞여 있다.

그래서 이 희망은 언제나 조심스럽고,

언제나 낮은 목소리로만 존재한다.

결국 이 사회를 지탱하는 것은 말보다 '버티는 마음'이다

암 병동에서 가장 큰 위로는 말이 아니라

'옆에 있는 존재'다.

환자는 치료로 지쳐 있을 때

보호자가 옆에서 가만히 서 있는 것만으로도 큰 힘을 느낀다.

보호자는 환자가 억지로라도 미소를 보일 때

그 대가 없는 한 미소 안에서

희망을 다시 찾아낸다.

이렇게 말하지 않는 감정들이 서로를 살린다.

서로를 붙잡고 버티는 마음이

이 조용한 사회를 지탱한다.

투병의 사회는 절망과 고통만으로 채워진 곳이 아니다.

사람들이 서로를 위해 말하지 않아도

매일 조금씩 희망을 선택하는 곳이다.

형체 없는 희망,

하지만 가장 간절한 희망.

'오늘도 잘 버티자.'

'부디 기적이 일어났으면.'

'조금만 더 견뎌보자.'

이렇게 서로에게 아무 말도 하지 않아도

두 사람이, 혹은 수많은 보호자와 환자들이

서로에게 보내는 마음은

그 침묵 안에서 더 단단해진다.

보호자들의 보이지 않는 세계

– 뒤에서 떠받치는 또 다른 사회

보호자의 삶은 어느 날 갑자기 낯선 문 앞에 세워지며 시작된다.

그 문은 소리가 나지 않고, 문턱도 없고, 간판도 없다.

그러나 그 문을 한 번 넘어서면

사람의 일상은 이전과 전혀 다른 층위로 내려앉는다.

환자를 지키기 위해 만든 마음의 문,

그 너머에서 보호자는 새로운 '사회'에 속하게 된다.

그 사회는 한 사람을 향한 절대적인 사랑 때문에 만들어진 세계다.

환자에게 무슨 일이 생길까 봐,

환자가 아파할까 봐,

환자가 두려워하지 않도록 지켜야 한다는 마음이

보호자를 그 세계 안으로 이끈다.

그러나 이 세계에 들어온 보호자는

이전의 모든 사회에서 조금씩 멀어진다.

직장, 결혼한 가정, 친구들의 세계,

그리고 자신만의 일상까지도

미세하게 뒤로 밀려난다.

보호자의 하루는

'환자가 오늘 어떤지',

'얼마나 먹었는지',

'통증이 어떤지',

'다음 치료는 언제인지'

이 네 가지를 중심으로 돌아가기 때문이다.

이 과정은 자연스럽고도 잔혹하다.

사랑이 깊을수록,

보호자의 삶은 자기 자신으로부터 멀어진다.

사랑 때문에 만들어진 새로운 사회

보호자는 환자를 너무 사랑한다.

이 말은 과장이 아니다.

보호자라는 역할은 의무나 책임만으로 유지되지 않는다.

그 안에는 '내 사람이 죽으면 안 된다'라는

절박한 사랑이 중심에 있다.

그래서 보호자는 환자를 대할 때

한순간 한순간 조심스럽고 진심으로 행동한다.

환자가 고개를 들면

보호자는 그 눈을 먼저 바라보고 마음을 읽는다.

환자가 숨을 조금 세게 내쉬면

보호자는 그 소리의 의미를 먼저 파악한다.

식사를 남기면 환자의 기운이 떨어진 건 아닌지

가슴이 내려앉는다.

조금 웃으면 그 웃음 하나에 잠시 안도하지만

그 뒤에는 다시 두려움이 밀려온다.

사랑 때문에 만들어진 이 사회는

보호자를 너무 깊게 감정에 몰입하게 만든다.

이 몰입은 보호자를 더욱 희생하게 만들고,

그 희생은 서서히 보호자의 삶을 잠식해 간다.

보호자는 기존의 사회에서 한 걸음씩 떨어져 나간다

'직장에서의 사회.'

암이라는 현실이 찾아오면 그 이전의 삶이 어딘가 멀리 물러난다.

보호자는 환자를 돌보느라

근무 시간 곳곳이 비게 되고,

머릿속에는 오직 환자 생각만 가득하다.

나도 모르게 멍해지고, 집중이 흐트러진다.

동료들과 웃으며 이야기하는 시간이 줄어들고

회사에서 울컥하는 순간도 생긴다.

'결혼한 가정에서의 사회.'

부부는 서로의 배우자이면서 동시에 보호자가 된다.

배우자로서의 자연스러운 감정 표현이 사라지고

지켜야 한다는 책임감이 더 앞서게 된다.

일상적인 부부 대화도 줄어들고

아무 말도 하지 않아도 마음이 무너지는 순간이 반복된다.

'친구 관계의 사회.'

친구들의 모임이 생겨도 보호자는 쉽게 나서지 못한다.

그 시간이 사치처럼 느껴지고

와서 웃다가도 갑자기 환자가 떠올라

웃음이 쑥 사라져 버린다.

음식이 맛있어도, 분위기가 좋아도

미안함이 스미듯 올라와 마음이 복잡해진다.

'자기 자신의 사회.'

그리고 무엇보다 보호자는 자기 자신의 삶에서 벗어나게 된다.

하루를 돌아보면 자기 자신을 위한 시간은 거의 없다.

아침이 지나고, 저녁이 되고, 밤이 찾아와도

마음속에는 환자의 하루만 가득하다.

이렇게 보호자는 여러 사회에서 한 걸음씩 떨어져 나와

오직 '환자를 지키는 사회'에 속하게 된다.

기쁨조차 죄책감이 되는 세계

보호자가 속한 사회에서

'기쁨'은 쉽게 환영받지 못한다.

어떤 날은 환자의 상태가 조금 나아 보이고

병원에서 돌아오는 길에 바람이 시원하게 느껴질 때가 있다.

그 순간 보호자의 마음 한쪽에서는

오랜만에 가볍게 느껴지는 무언가가 피어난다.

하지만 바로 다음 순간,

그 기쁨이 죄책감처럼 바뀐다.

'나 혼자 이렇게 편해도 되는 걸까?'

'이런 기분을 느껴도 되는 건가?'

'환자는 지금 아픈데, 나는 왜 웃고 있을까?'

이렇게 기쁨은 보호자에게

허락되지 않은 감정처럼 느껴진다.

맛있는 음식을 먹다가도

환자가 떠오르면

한 입도 넘기기 어려워지고

문득,

'환자는 아무것도 먹지 못하는데…'

라는 생각이 덮치면 기쁨이 단숨에 사치가 된다.

친구와 통화하다가 웃음이 나도

그 웃음이 금세 사라지고

마음 어딘가가 콕 찌르듯 아파진다.

보호자는 어느 순간부터

웃을 때도 조심해야 하고

행복의 조각을 느낄 때조차

환자를 떠올리며 죄책감을 느끼게 된다.

'내 삶이 사라지고 있다'는 두려움과 우울

보호자들은 말하지 않지만

진짜 두려움은

환자가 죽을까 하는 두려움뿐만 아니라

'내 삶이 조금씩 사라지고 있다'는 불안이다.

처음에는 바쁜 일정 때문에

나 자신을 잊어버리는 것 같다가

조금 더 시간이 지나면

이제는 내가 어떤 사람이었는지조차

희미해지는 것 같다.

자기에 대한 생각,

자기의 감정,

자기의 욕구들이

모두 뒷전으로 밀리고

하루하루 '돌봄의 감정'만 남는다.

그렇게 시간이 흐르면

어느 날 문득 자기 자신의 그림자가 보이지 않는다.

'내가 없어지고 있는 건 아닐까?'

'내 인생은 어디로 사라지고 있을까?'

'이런 삶을 언제까지 버틸 수 있을까?'

이런 생각들은 보호자가 혼자 있을 때

가장 강하게 밀려온다.

밤에 집에 돌아가 누웠을 때나,

병원 복도에서 잠시 숨을 고르는 그 짧은 순간에도.

그리고 그때 느끼는 감정은 두려움과 우울이 뒤섞인

어디에도 말하기 어려운

무겁고 복잡한 감정이다.

같은 처지의 보호자들 사이에서만 느껴지는 동료애

보호자들은 같은 처지의 보호자에게서

이상할 정도로 강한 동료애와 위로를 느낀다.

같은 위치에 있어야만

이 감정의 무게를 정확히 이해할 수 있다.

병원 대기실에서 누군가 조용히 울고 있으면

다른 보호자는 그 모습을 외면하지 않는다.

그러나 가까이 가서 위로의 말을 건네지도 않는다.

대신 '당신의 마음을 안다'는 조용한 공감의 시선을 건넨다.

어떤 보호자가 치료 결과를 듣고 나오면

표정만 봐도 다른 보호자들은 그날의 의미를 안다.

'오늘은 좋지 않았구나….'

'지금은 말을 걸면 안 되겠다.'

'저 얼굴은 분명히 밤새 마음이 아플 거야.'

말하지 않아도

보호자들은 함께 버티고 있다.

오히려 말보다

이 조용한 공감이

서로에게 더 큰 위로가 된다.

보호자들끼리는 서로의 마음을 향해

작은 고개 끄덕임 하나로

'나도 그렇다.'

'우리도 괜찮지 않다.'

'그래도 버티고 있다.'

이런 메시지를 주고받는다.

이렇게 만들어지는 동료애는

세상 그 어디에서도 느껴보지 못한

아주 깊고 조용한 연대다.

보호자의 삶은 헛헛하지만
환자 앞에서는 언제나 희망을 연기해야 한다

보호자는 어떤 상황에서도
환자 앞에서는 밝아야 한다.
울음을 참고,
두려움을 숨기고,
절망을 감추고
희망을 연기한다.
환자가 치료를 마치고 돌아올 때
지친 얼굴을 보면 보호자의 눈에는 눈물이 맺히지만
환자를 향한 눈길은 언제나 웃음에 가깝다.
'괜찮아.'
'잘하고 있어.'
'오늘도 참 애썼다.'
이 말들은 환자를 위해 내는 목소리고
자기 자신을 설득하기 위한 주문이기도 하다.
하지만 보호자는 알고 있다.
이 희망의 연기가
얼마나 자신을 소모하는지.
얼마나 많은 감정을 감추고
얼마나 많은 고통을 삼키는지.

그래서 보호자는 환자가 잠든 순간

혼자 남았을 때 서서히 무너져 내린다.

이 연기의 시간이 길어질수록 마음의 골은 더 깊어진다.

결국 보호자들의 사회는 가장 조용하지만 가장 뜨거운 세계다

보호자들은 자신이 속했던 모든 사회에서 떨어져 나와

하나의 조용하고 절박한 사회에 속하게 된다.

그 사회는 환자를 향한 사랑으로 시작되었지만

그 사랑은 보호자 자신의 마음을 끊임없이 소진시킨다.

그럼에도 불구하고 보호자들은 이 사회 속에서

환자를 붙잡고 버티고

같은 처지의 보호자들과 연대하며

매일 작은 희망 하나를 잃지 않으려고 애쓴다.

웃을 자유도,

기뻐할 자유도,

잠시 잊을 자유도

마음껏 느끼기 어려운 세계.

하지만 그 속에서

사람은 가장 뜨겁게 사랑하고

가장 깊게 버티며

가장 절실하게 기도한다.

보호자의 사회는

누군가에게 보여지지 않지만

그 누구보다 치열하고 뜨겁고

아름답게 버티는 사람들의 세계다.

그들은 자신을 잃어가면서도

환자를 잃지 않기 위해

오늘도 조용히, 그러나 뜨겁게 버티고 있다.

투병 사회에서의 기적을 붙드는 마음

기적은 사람들에게 흔히
'한순간 찾아오는 변화'처럼 이야기되지만,
투병의 세계에서는 전혀 그렇지 않다.
기적은 한 번에 찾아오지 않는다.
이 세계에서의 기적은 너무 느리고,
너무 멀리 있고, 너무 어렵다.
기적은 희망을 완전히 벗어나 있지도 않고,
절망을 완전히 벗어나 있지도 않다.
그 중간 어딘가에서 희미하게 흔들리는 빛처럼 존재한다.
암 환자와 보호자는 그 빛을 붙들기 위해
매일매일 마음을 다시 묶어 세우는 사람들이다.
그러나 그 과정은 누구도 상상할 수 없을 만큼 길고,
끝이 보이지 않는다.
이 반복적인 희망과 절망의 파도 속에서
환자도 보호자도 수없이 흔들리고 무너지고 다시 일어난다.
그리고 그 과정이 오래될수록

사람은 다른 종류의 기적을 바라게 된다.

기적이 오는 듯 보였다가도 다시 사라지는 순간들

암 치료는 늘 단순한 직선으로 진행되지 않는다.

종양 수치가 내려갔다가 다시 올라가고,

CT 결과가 좋아 보이다가도 다음 검사에서는 변화가 없거나

오히려 역행하는 일도 있다.

새로운 약을 처방받고

며칠 동안 환자의 얼굴빛이 조금 좋아 보이면

보호자와 환자 모두

'이번엔 정말 잘 맞는 것 같다.'

'드디어 한 걸음 나아가는 건가…'

이런 작은 희망을 품는다.

그러나 그 희망은 너무도 쉽게 무너진다.

며칠 뒤 환자의 몸이 다시 무거워지거나

다음 검사에서 변화가 없다는 말을 들으면

희망은 그대로 절망으로 변한다.

그 절망은 크게 소리 지르지 않지만

조용하게, 폭력적으로 환자와 보호자의 마음을 내려앉힌다.

그리고 사람들은 깨닫는다.

기적은 직선이 아니라

숱한 곡선을 거쳐야만 다가오는 먼 것이라는 사실을.

기적이 오는 듯 보였다가도

아무 말 없이 사라지는 것.

이 반복이 사람을 가장 지치게 만든다.

희망과 절망이 번갈아 가며 사람을 흔드는 시간

투병의 시간은 기대했다가 무너지고,

다시 일어났다가 또 무너지는 과정의 연속이다.

이 감정의 롤러코스터는 상상을 초월할 만큼

사람의 에너지를 소모한다.

환자는 몸의 통증과 부작용으로 지치고,

보호자는 마음의 무게와 현실의 책임으로 지친다.

둘 다 포기하고 싶은 순간이 있고,

둘 다 '이제는 못 하겠다'는 감정이 밀려오는 날이 있다.

그러나 그 말조차 서로에게 쉽게 꺼낼 수 없다.

환자는 보호자가 더 힘들어질까 봐

보호자는 환자가 더 절망할까 봐

서로에게 '포기하고 싶다'는 말은 숨긴다.

그래서 희망과 절망은 둘 사이에서 말없이 순환한다.

희망이 오면 서로 눈을 맞추며 조금 웃는다.

절망이 오면 서로의 눈빛을 피하며 버틴다.

하지만 둘 다 알고 있다.

서로가 같은 감정의 파도 위에 함께 있다는 것을.

그리고 그 사실만으로도 간신히 또 하루를 버티게 된다.

포기하고 싶은 마음이 찾아올 때 느끼는 죄책감

투병이 길어지면 사람은 자연스럽게

포기하고 싶은 마음이 든다.

'이제 그만 아프고 싶다…'

'언제까지 이걸 반복해야 하지…?'

'도대체 끝은 어디일까…'

이런 생각은 환자에게도 보호자에게도 찾아온다.

그리고 모두 그 생각을 하는 자신을 심하게 미워한다.

환자는 '살고 싶다'는 마음과

'이 지독한 고통을 끝내고 싶다'는 마음이

가슴 안에서 충돌할 때 자신이 너무 나약해 보이는 것 같아

스스로를 비난한다.

보호자는

'내가 이런 생각을 하다니…'

'도대체 내가 무슨 사람이지…?'

'이렇게 생각하는 마음이 너무 죄스럽다…'

이런 죄책감에 잠 못 이루기도 한다.

하지만 그 마음은 비정상적인 것이 아니다.

사람은 끝이 보이지 않는 길 앞에서

당연히 흔들리게 마련이다.

그 흔들림이 죄는 아니지만

투병의 사회에서는 보호자와 환자가

자기 감정을 죄로 받아들이는 순간이 많다.

그만큼 사랑이 크고, 그만큼 상황이 절박하다는 뜻이다.

기적을 바라는 마음속에는 희망과 원망이 함께 존재한다

보호자와 환자는 모두 기적을 바란다.

그러나 그 기적은 단순한 희망이 아니다.

기적을 바라는 마음속에는

희망과 절망이 뒤엉켜 있고

간절함과 원망이 함께 올라온다.

'왜 우리에게 이런 일이 일어난 걸까?'

'이 정도면 기적이 와도 되지 않나?'

'하늘은 언제 우리를 보아줄까?'

'왜 아무 변화가 없는 걸까?'

이런 질문들은 누구에게도 말할 수 없지만

둘의 마음 안에서는 계속 반복되는 독백이 된다.

희망은 때로 사람을 살리고,

절망은 때로 사람을 더 강하게 만든다.

그러나 두 감정이 너무 자주 반복되면

사람은 어느 지점에서 그 감정 자체를 원망하게 된다.

'희망이 괴롭다.'

'절망이 무섭다.'

'희망을 가지고 또 무너지는 이 과정이 너무 잔인하다.'

이렇게 환자와 보호자는 기적을 바라면서도

그 기적이 너무 멀어 보일 때

감정의 소용돌이에 빠져 허우적거린다.

그리고 어느 순간 사람은 깨닫는다.

기적은 단번에 찾아오는 것이 아니라는 사실을.

기적은 오지 않을 수도 있다는 깨달음

투병이 길어질수록 사람은 조심스럽게, 아주 천천히

기적이 오지 않을 수도 있다는 가능성을

마음속에 받아들이기 시작한다.

처음에는 이 생각 자체가 죄처럼 느껴지고

생각만 해도 눈물이 날 것 같지만

시간이 지날수록 현실이 마음을 조금씩 설득한다.

매주 반복되는 검사,

기대와 절망의 반복,

미세한 변화조차 없는 날들,

부작용이 점점 더 깊어지는 몸.

사람은 이 모든 것을 반복해서 마주하면서

기적이라는 단어를 조금씩

다른 방식으로 바라보게 된다.

'완치'라는 거대한 기적은

점점 멀어지고 사라져 있는 것처럼 느껴진다.

그러나 완치가 멀어지는 만큼

사람은 다른 종류의 기적을 바라게 된다.

'더 이상 나빠지지만 않았으면…'

'지금 상태로만 몇 년을 버텨준다면…'

'이 고통이 조금만 덜했으면…'

'병이 진행되지 않는 것만으로도 감사할 텐데…'

이 작은 바람들은

사실 이 세계에서 가장 현실적인 기적이다.

완치보다

지금의 상태가 오래 유지되는 것.

이것이 투병의 사회에서 환자와 보호자가 바라게 되는

새로운 형태의 기적이다.

지금의 시간이 더 오래 이어지길 바라는 마음

희망과 절망을 수없이 반복한 뒤
사람은 어느 순간 아주 낯선 바람을 품게 된다.
'지금 이 상태가… 제발 오래가면 좋겠다.'
'완치가 아니어도 좋으니까 이 고비만 넘기고,
이 고통만 더 심해지지 않는다면… 그걸로도 충분해.'
이 바람은 투병이 길어지며 나타나는
마음의 성숙이자 체념이자 기도다.
사람은 결국 기적보다 시간을 원하게 된다.
5년, 10년을 바라는 것이 아니라
'조금만 더…'
'오늘만…'
'이번 달만…'
'다음 검사까지만 버텨주길.'
이런 바람들은 투병의 사회에서만 나타나는
아주 특별하고 고통스러운 기도의 형태다.

이 세계에 더 오래 머물기 위한 소망

투병의 사회에서
사람이 그 사회를 떠나는 경우는

단 두 가지뿐이다.

하나는

세상을 떠날 때,

다른 하나는

기적처럼 완치될 때.

그러나 보호자와 환자 모두 점점 알게 된다.

완치는 로또보다 어렵고

세상을 떠나는 것은 너무 잔인하다는 것을.

그래서 아주 이상한 마음을 품게 된다.

'제발⋯ 이 세계에 오래 머물게 해달라.'

'완치되지 않아도 좋으니

이 상태로 오래 버틸 수 있게 해달라.'

'지금의 고통조차

내 사람이 살아 있다는 증거라면

견딜 수 있다.'

'병이 조금 더 나빠지지만 않으면⋯

그것 자체가 기적이다.'

이 마음은 외부 세계에서는 이해하기 어려운 바람이다.

아픈 상태로 오래 있고 싶다는 것은

정상적인 사회에서는 받아들여지지 않는 소원이다.

하지만 투병의 사회에서는 다르다.

이 세계에 오래 속해 있다는 것은

즉, 환자가 '아직 살아 있다'는 뜻이기 때문이다.

그래서 사람들은 완치보다

지금의 상태가 유지되는 것을 기도로 바란다.

이것이 투병의 사회에서 생겨나는

아주 독특하고도 절실한 형태의 '기적'이다.

결국 기적이란, 이 사회에서 조금 더 버티는 것

투병의 사회에서 기적은 결코 큰 변화가 아니다.

기적은 결코 하늘에서 갑자기 떨어지는 것이 아니다.

기적은 큰 소리로 오지 않는다.

기적이란

오늘 하루를 버티는 것.

내일을 맞이할 수 있는 것.

병이 더 나빠지지 않는 것.

환자가 오늘 조금 웃는 것.

오늘 밤 통증이 조금 덜한 것.

식사를 조금 더 하는 것.

혈액 수치가 떨어지지 않는 것.

검사 결과가 그대로인 것.

이것들이 이곳의 '기적'이다.

이 기적들은 모두 결국 '시간'을 의미한다.

조금 더 함께 있는 시간,

조금 더 붙잡고 있는 시간,

조금 더 존재하는 시간.

기적은 단단하고 화려한 결과가 아니라

환자와 보호자가 오늘을 버티며 살아남는 그 자체다.

희망과 절망의 끝에서 발견하는 사람의 본질적인 마음

희망과 절망이 수없이 반복되는 과정에서

사람은 점점 어떤 진실에 가까워진다.

사람은 결국 사랑하는 사람과의 시간을 원한다는 것.

사랑은 기적보다 강하다는 것.

시간이 기적보다 중요하다는 것.

기적이 오지 않아도 사람은 사랑으로 버텨낼 수 있다는 것.

그리고 그 버팀 속에서 환자와 보호자는 서로에게

가장 큰 기적이 된다.

치유되지 않아도 살아남지 못해도

이 세계에서 서로를 바라보며

버티고, 기도하고, 사랑하는 것.

그 자체가 투병의 사회가 만들어 내는

가장 고요하고 가장 뜨거운 기적이다.

투병의 사회가 우리에게 남긴
마음의 단단함과 깊어진 공감

투병의 사회를 지나오면서
우리는 이전과는 전혀 다른 사람이 되었다.
처음 병명 앞에서 무너졌던 마음,
치료 과정에서 수없이 흔들렸던 감정,
그리고 보호자로서 느꼈던 책임과 두려움은
우리의 일상을 완전히 바꿔놓았다.
하지만 시간이 흐르고
그 모든 감정을 견디고 난 뒤에 돌아보면
투병의 사회는 단지 고통의 시간이 아니라
우리의 마음을 단단하게 빚어낸
아주 깊은 경험이었다는 걸 느끼게 된다.

마음이 단단해졌다는 것을 어느 순간 스스로 느끼게 된다

처음에는
병원의 복도 하나,

의사의 표정 하나,

검사 결과지를 넘기는 손끝 하나에도

가슴이 철렁 내려앉던 우리가

어느 순간

그 모든 것을 담담히 받아들이는 사람이 되어 있었다.

불안과 두려움이 사라진 건 아니지만

그 감정에 휘둘리지 않는 마음,

돌발 상황에도 스스로를 붙잡을 수 있는 마음,

무너질 것 같은 순간에도 끝까지 희망을 놓지 않는 마음이

우리 안에 생성되었다.

투병의 경험은 우리 마음을 아프게 했지만

그 아픔 속에서 우리는 잔잔하지만 확실한 단단함을 배웠다.

주변의 아픈 이야기가 '남의 일'이 아니게 된다

투병의 세계를 겪고 나면

사람은 세상을 바라보는 시선이 달라진다.

주변 지인의 부모님이 아프다는 이야기를 들으면

이전에는 "힘드시겠네…"라고 말하던 그 순간이

이제는 가슴이 철렁 내려앉는 무게로 다가온다.

병실에 앉아 보호자로 살던 그날의 긴장,

의사의 입술을 바라보며 결과를 기다리던 그 떨림,

환자의 작은 미소 하나에 하루가 밝아지던 그 마음이
그 이야기를 들으면 생생히 되살아난다.
그래서 우리는 누군가 아프다는 소식을 듣기만 해도
그들의 마음이 이미 얼마나 무너져 있을지
본능적으로 느끼게 된다.
이 공감 능력은
투병의 사회가 우리에게 준
가장 깊은 선물이다.

뉴스 속 신약 개발 소식에도 가슴이 먼저 반응한다

투병의 사회를 겪기 전에는
뉴스에 나오는 항암 신약,
개발 중인 면역 치료제 소식이
그저 과학 기술의 한 줄 기사 정도로만 느껴졌다.
하지만 이제는 다르다.
'새로운 치료제 임상 성공'이라는 기사 제목만 봐도
가슴이 먼저 뛰고
누군가에게 진짜 희망이 될 수도 있다는 생각에
눈길이 오래 머문다.
우리와 같은 시간을 견디는 누군가에게
그 약이 '기적'이 되길 바라는 마음이

저절로 따라온다.

투병의 세계는 우리를 과학 소식에 민감한 사람이 아니라

'희망의 가능성'을 진심으로 바라보는 사람으로 만들었다.

아픈 사람을 보면 저절로 눈길이 간다

따뜻한 말을 건네고 싶어진다

병원에 있을 때

우리는 수없이 많은 환자와 보호자를 봤다.

그들의 표정, 웃음, 눈물,

어깨의 힘이 빠져 있는 모습,

침대 난간을 꼭 잡은 손끝 하나까지

아직도 우리 마음속 어딘가에 선명하게 남아 있다.

그래서 이제는 길에서 지친 표정을 한 노인을 봐도,

누구의 병원 소식을 들어도,

항암으로 수척해진 사람을 스치듯 봐도

눈길이 한 번 더 간다.

"조금만 힘내세요."

"좋은 결과 있으실 거예요."

"당신의 하루가 조금이라도 덜 아프길 바라요."

투병의 경험은

우리를 더 조심스럽고 더 따뜻한 사람으로 바꾸어 놓았다.

기적을 바라는 마음의 깊이를 '겪은 사람'으로서 이해하게 된다

투병의 사회에서는 희망과 절망이 끝없이 반복된다.

어제 좋아진 것 같던 수치가

오늘 다시 나빠지는 일,

새로운 약이 효과가 있을 것 같다가도

다시 자리를 지키는 병세,

하루하루가 작은 전쟁이 된다.

그래서 환자와 보호자가 바라는 '기적'은

드라마 속 큰 반전이 아니다.

단지 하루라도 더 버티고,

며칠이라도 나빠지지 않고,

다음 검사 결과가 조금만 좋아지는

그 작은 변화 하나가 기적이다.

이 마음을 겪어본 사람만이 정확히 안다.

그래서 우리는 투병 소식을 들으면

그들의 간절함을 마치 우리의 일처럼 느낀다.

그들에게 작은 기적이 오기를 진심으로 바라게 된다.

투병의 세계는 우리를 더 깊고 따뜻한
사회 구성원으로 성장시켰다

투병의 경험은 우리에게서 많은 것을 빼앗아 갔다.

평범했던 일상, 당연했던 건강,

한 번도 의심하지 않았던 미래의 계획들…

하지만 그 모든 상실 속에서도

투병의 사회는 우리를 성장시켰다.

그 성장은 조용하지만 깊고, 아프지만 따뜻하며,

무거웠지만 아름다웠다.

우리는 이전보다 더 단단해졌고

더 많은 감정을 품을 수 있는 사람으로 자랐으며

누군가의 아픔을 빠르게 느끼고

정말로 마음으로 공감할 수 있는 사람이 되었다.

투병의 사회를 경험하기 전에는

그저 지나쳤을 사소한 소식들이

이제는 너무 소중하게 들리고,

우리와 같은 시간을 견디는 모든 사람의 마음이

얼마나 무겁고 간절한지 그 깊이를 알게 되었다.

그래서 우리는 그들의 기적을 우리의 기적처럼 함께 빌게 되었다.

이것이 투병의 사회가 우리에게 남긴 가장 큰 변화이자

가장 큰 선물이다.

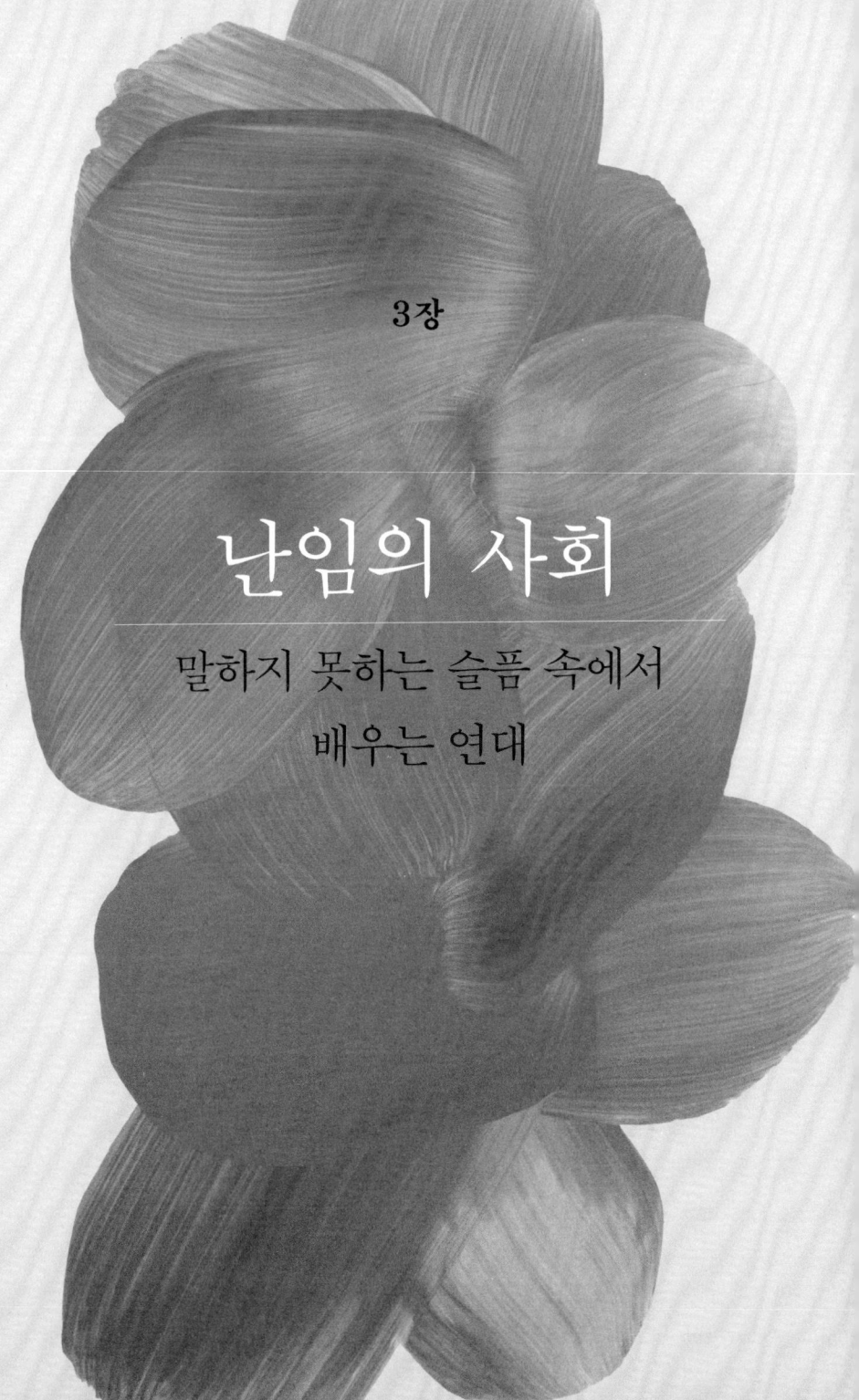

3장

난임의 사회

말하지 못하는 슬픔 속에서
배우는 연대

난임이 찾아온 억울함과 설명할 수 없는 슬픔

;

난임의 사회로 들어가는 문턱

사람은 어느 순간이 되면

가정이라는 작은 세계를 꾸리고 싶어진다.

그건 누구에게 강요받아서가 아니라

살아가는 과정에서 자연스럽게 생겨나는

아주 인간적이고, 아주 따뜻한 욕망이다.

결혼을 늦춘 것이 잘못도 아니고,

사회가 만든 구조 속에서

당연히 따라온 결과일 뿐인데

난임은 그 사실을 무시한 채

불쑥, 너무도 무례하게 사람의 삶 속으로 들어온다.

그 순간부터 사람은

자신이 노력해 쌓아온 삶 전체가

마치 뒤틀려 버린 것 같은

복잡한 억울함에 빠지게 된다.

길고 치열한 경쟁의 삶 끝에 찾아온 난임

지금 이 시대를 살아가는 사람들은 해야 할 것이 너무 많다.

어릴 때는 성적을 위해 달려야 했고,

대학생이 되어서는 스펙이 필요했고,

취업을 준비하는 동안에는

자신의 가치를 증명해야 했다.

면접에서 떨어지는 경험이 쌓일수록

자신이 쓸모없는 사람처럼 느껴지기도 했다.

겨우 직장을 잡았다고 해도

문제는 끝나지 않는다.

치열한 경쟁,

성과 중심의 문화,

끝없는 회식과 야근,

출근길에서 마음을 다잡지 않으면 버티기 어려운 회사 생활.

이런 현실 속에서

사람은 서서히 지쳐가지만

그래도 버틴다.

미래의 나에게

조금 더 나은 삶을 선물하기 위해.

그러는 사이

결혼의 시기도 자연스럽게 뒤로 밀린다.

'조금만 버티면 나아질 거야.'

'지금은 때가 아니다.'

'조금 더 자리 잡고 나서….'

그리고 나서

겨우 서로의 마음을 확인하고

가정을 이루기로 결심했을 때

그제야 비로소

삶이 조금 따뜻해지는 것 같았다.

하지만 그 조용한 안도감은

난임이라는 이름의 현실 앞에서

너무도 쉽게 무너져 내린다.

'왜 이제 와서…?'

이 질문은 억울함의 시작이다.

치솟는 집값과 고물가 속에서
늘어진 결혼의 책임을 왜 내 몸이 지는가?

요즘 사람들은 모두 비슷한 고민을 한다.

집값은 손에 닿지 않게 높아졌고,

전세 자금 마련도 쉽지 않다.

생활비는 오르고,

임금은 제자리이거나 그보다 더 느리게 오른다.

이런 현실 속에서 사람들이 결혼을 늦춘 것은

자연스러운 선택이었다.

더 늦어서가 아니라

그냥 그렇게 살 수밖에 없는 세상이었기 때문에.

그런데 난임은 그 세상의 책임을

마치 '개인의 문제'인 것처럼 남겨둔다.

몸은 사회를 이해하지 않는다.

체력은 경쟁을 기다려 주지 않는다.

시간은 직장과 집값의 현실을 배려하지 않는다.

그래서 사람은 억울하다.

정말 억울하다.

'왜 내가 이 시대에 태어나서

이런 부담을 다 떠안아야 하지?'

이 억울함은

난임 검사 결과를 듣기 전부터

마음 깊은 곳에서 조금씩 자라난다.

그러나 막상 난임이라는 현실과 마주하면

그 억울함은

삶 전체에 대한 슬픔으로 번져버린다.

난임이 주는 설명할 수 없는 슬픔

난임은 아프지도 않고,

어딘가 다쳐 보이지도 않고,

겉으로는 멀쩡해 보인다.

그래서 더 아프다.

아무에게도 정확히 말할 수 없고

말을 붙이기도 어렵고

하루를 살아도 답이 보이지 않는다.

사람들은 말한다.

"요즘은 기술이 좋아서 다 가능하대."

"너무 스트레스 받지 마."

"조금 더 노력하면 되지."

이 말들이 나쁘다는 건 아니다.

하지만 그런 말들이 마음에 닿지 않는 이유는

난임이 '결과로 설명되는 문제'가 아니기 때문이다.

난임은

'기대 → 시도 → 실패 → 기다림 → 또 시도'

이 반복 속에서 사람이 겪는 감정의 무게가 핵심이다.

이 감정은 겉으로 보이지 않고

말로 설명되지 않는다.

어디가 아픈지도 모르겠는데

계속 아픈 것 같고,

아무것도 잘못한 게 없는데

삶 전체가 실패한 것처럼 느껴진다.

이름 붙일 수 없는 슬픔,

말로 표현되지 않는 허무함,

다 설명할 수 없지만

몸 전체를 감싸는 우울함.

바로 이것이 난임이 주는 슬픔이다.

'나는 아닐 거야'라고 믿었던 마음이 깨지는 순간

사람은 누구나 생각한다.

'그런 일은 나에게 오지 않을 것이다.'

건강 검진을 하면 큰 문제 없다는 말만 듣던

그 수십 번의 경험이

우리 마음을 안심시키기 때문이다.

결혼하고 아주 자연스러운 과정으로

가정이 이어지리라고 믿는 건

모두가 당연하게 생각하는 흐름이었다.

그런데 어느 날

생리가 늦어지지 않았고

테스트기의 선은 나오지 않았다.

그래도 사람은 믿는다.

'조금만 더 기다리면….'

'이번 달은 유난히 스트레스를 많이 받아서….'

'내가 예민해서 그럴 거야….'

그러다 어느 순간

산부인과에 앉아 있는 자신을 발견하게 된다.

더 정확한 검사를 위해

난임 클리닉으로 발걸음을 옮기는 자신을 만나게 된다.

그제야 '나는 아닐 거야'라는 믿음이

안개처럼 사라져 버린다.

그리고 남는 것은 작은 좌절감과

설명할 수 없는 서글픔이다.

난임 병원 대기실에서 만난 '나 같은 사람들'

난임 병원 대기실에는

수많은 사람들이 앉아 있다.

20대 후반, 30대, 40대….

나이도 직업도 사는 환경도 다르지만

모두 비슷한 표정을 하고 있다.

긴장된 표정,

불안한 눈빛,

지쳐 보이는 어깨.

누군가는 검사 결과를 기다리고 있고

누군가는 다시 실패한 소식을 들을까 봐

고개를 숙이고 있다.

처음 그곳에 앉았을 때

사람은 이렇게 생각한다.

'나만 이런 게 아니구나….'

'이렇게 많은 사람들이 비슷한 고통을 겪고 있네….'

이 사실은 조금의 위로가 되면서도

또 다른 슬픔이 된다.

많은 사람들이 같은 고통을 겪고 있다는 말은

그만큼 이 문제를 해결하기 어렵다는 뜻이기도 하니까.

하지만 그래도 대기실에서 사람들을 바라보는 순간

사람은 자신을 조금 덜 외롭게 느낀다.

이 사회에서 같은 감정을 느끼는 사람들이

이렇게 많다는 사실이 미묘한 위안이 된다.

현실을 탓하고 싶지만,
마음 깊은 곳에는 '가족'이라는 작은 희망이 있다

난임을 마주한 사람들은

자연스럽게 현실을 탓하게 된다.

'왜 우리 세대는 이렇게 힘든 걸까?'

'왜 나에게 이런 시련이 오는 걸까?'

'차라리 조금만 빨리 결혼했다면 달라졌을까?'

이런 질문들은 억울함과 슬픔에서 나오는

자연스러운 반응이다.

그러나 그 마음의 바닥에는

아주 작은, 따뜻한 희망이 깔려 있다.

결국 사람이 바라는 건

'가족의 따뜻함'이다.

누군가와 같이 살고 싶은 마음,

어린아이의 체온을 느끼고 싶은 마음,

남편이나 아내와 함께 미래를 그릴 수 있는 작은 기쁨.

이것이 사람을 다시 일으켜 세운다.

이 희망이 없었다면 사람은 난임이라는 현실 앞에서

진작 무너져 버렸을 것이다.

난임의 사회에 들어가지만
금방 벗어나고 싶어 하는 간절한 자신감

난임 클리닉에 첫발을 들인 사람은 대부분 이렇게 생각한다.

'그래도 우리는 금방 벗어날 거야.'

'조금만 노력하면 우리는 괜찮을 거야.'

'다른 사람들보다 우리는 시간이 덜 걸릴 거야.'

이것은 오만함이 아니라

스스로를 지키기 위한 생존 본능이다.

희망이 있어야 사람은 치료를 시작할 수 있다.

희망이 있어야 몸을 움직이고 병원을 방문할 수 있다.

희망이 있어야 그 작은 주사와 검사,

절망적인 결과들을 견딜 수 있다.

그러나 시간이 지나고

시도와 실패가 반복되면서

사람은 서서히 무너지고 흔들린다.

하지만 그럼에도 불구하고

사람은 자신에게 작은 자신감을 주려 한다.

'우리는 금방 괜찮아질 수 있어.'

'다음에는 잘될 거야.'

이 말들은 자기 최면처럼 보일 수 있지만

바로 이 자기 최면이 난임의 사회에서 한 걸음씩 움직이게 한다.

난임의 사회는 억울함, 슬픔, 희망, 분노가 뒤섞인 세계

난임이라는 사회는

한 가지 감정으로 이루어진 사회가 아니다.

그곳은

억울함,

분노,

회피,

희망,

죄책감,

서글픔,

허무함,

그리고 간절함이

층층이 쌓여 있는 세계다.

그리고 이 감정들은

하루에도 수십 번씩 모습을 바꾼다.

아침에는 희망을 품고

저녁에는 절망을 느끼고.

병원에 갈 때는 담담하다가도

검사 결과를 기다리는 동안

손이 떨릴 때도 있다.

그리고 하루의 끝에서는

그 모든 감정을 다시 혼자서 껴안아야 한다.

이것이 난임의 사회로 들어선 사람들이

처음에 마주하는 현실이다.

난임의 문턱에서 비로소 이해하게 되는 난임 사회의 언어

난임이라는 현실을 처음 마주하면

사람은 알게 된다.

고통에는 여러 종류가 있고

그중 절반은

겉으로 보이지 않는다는 사실을.

난임의 사회는

겉으로는 아무도 울지 않지만

마음속에서는 모두 울고 있는 세계다.

대기실의 침묵,

남편의 다소 굳은 얼굴,

아내의 무기력한 표정,

결과를 기다리는 손끝의 떨림.

이 모든 것이

난임의 사회가 가진 무언의 언어다.

그리고 사람들은 이 사회에 들어서면서

서로를 바라보는 눈빛만으로

상대의 감정을 이해하게 된다.

이것이 난임의 사회가 가진

또 다른 연대의 방식이다.

결국 난임의 사회로 들어서는 문턱은
사람의 마음을 다시 쓰게 하는 시간

난임을 마주한 사람은

이전의 삶으로는 돌아갈 수 없다.

그만큼 마음이 깊어지고

세상을 보는 눈이 달라진다.

억울함을 느끼면서도

다른 사람의 행복을 향해

진심으로 축복을 보내는 마음이 생기고,

슬픔을 경험하면서

다른 이의 슬픔을 더 따뜻하게 안아줄 수 있는 사람이 된다.

그리고 무엇보다

자신이 원하는 삶이 무엇인지

더 깊이 바라보게 된다.

가족,

사랑,

삶의 의미,

그리고

함께 있어 준다는 것의 소중함.

난임의 사회는 사람을 아프게 하지만

그 아픔 속에서 사람을 단단하게 만든다.

문턱은 고통스럽지만 그 문턱을 넘어선 사람들은
누구보다 강하게 버티는 마음을 가진다.
이것이 난임의 사회로 들어가는 사람들이
처음 마주하는 조용하지만 깊은 이야기다.

현실 회피와 서로에게 이유를 찾는 갈등

난임이라는 현실을 마주한 순간부터
사람은 자연스럽게 도망치고 싶어진다.
몸에서 시작된 문제인지,
운이 좋지 않았던 것인지,
혹은 단순한 타이밍인지조차 알 수 없는데
그 모든 책임이
아무 말도 하지 않는 '현실'이라는 이름으로
한꺼번에 쏟아져 들어오기 때문이다.
특히 요즘 같은 시대에
'정상적인 삶'이라는 기준은 이미 무너졌지만
사람들은 여전히
자신이 '정상적인 범주' 안에 있다고 믿고 싶어 한다.
그래서 난임이라는 단어는
단순한 의학적 용어가 아니다.
그 단어는 사람의 마음, 지위, 자존감, 관계, 미래까지
모두 뒤흔드는 거대한 파도다.

그리고 그 파도는

가장 가까운 사이인 부부에게

서로가 서로에게 상처를 남기게 만드는

아주 잔인한 현실을 안겨준다.

'난임 환자'라는 낙인이 두려워 현실을 외면하고 싶은 마음

난임이라는 현실과 마주하면

가장 먼저 드는 감정은 두려움이다.

'혹시 내가 난임 환자처럼 보일까?'

'사람들이 어떻게 생각할까?'

'혹시 우리 부부가 문제가 있다고 생각할까?'

요즘 시대는 난임이 너무 흔한 문제임에도

막상 본인이 그 자리에 서게 되면

갑자기 세상의 시선이

모두 자신을 향하는 것처럼 느껴진다.

난임 병원의 문을 열기 전부터

사람은 머릿속에서 수많은 사람의 반응을 떠올린다.

직장 동료들,

친구들,

형제자매,

부모님,

심지어 SNS에 보이는 익명의 사람들까지.

세상 누구도 관심이 없을지 모르지만

막상 그 현실을 맞이한 사람의 마음은 다르다.

'나는 난임 환자처럼 보이고 싶지 않다.'

이 마음은

난임 초기의 사람들이 공통으로 느끼는 감정이다.

난임을 마주하는 순간

자존감이 흔들리고

자신의 몸과 존재 자체가

불완전하게 느껴지기 때문이다.

그러나 이 두려움은

결국 현실을 회피하게 만들고

부부 사이에 묘한 긴장감을 만든다.

현실을 피하고 싶은 마음은 '이유 찾기'라는 방향으로 흘러간다

난임이라는 현실을 인정하는 건

심리적으로 큰 타격이다.

그래서 사람은 이 현실을 최대한 멀리 밀어두려고 한다.

그러다 보면

자연스럽게 이유를 찾기 시작한다.

'왜 이런 일이 생긴 걸까?'

'왜 우리만 이런 걸까?'

'도대체 원인은 무엇일까?'

처음에는 의학적 원인을 찾으려 한다.

호르몬 문제인지,

나이 때문인지,

유전인지,

생활습관 때문인지.

하지만 시간이 조금 지나면

그 시선은 천천히 배우자를 향하게 된다.

'혹시 내 배우자 때문은 아닐까?'

'선천적으로 몸이 약한 건 아닐까?'

'예전에 그 스트레스 때문은 아닐까?'

'그때 병원에 좀 더 일찍 갔더라면…'

말로 하지 않아도

부부 사이에 감정의 그림자가 내려앉는다.

이유를 찾고 싶다는 마음은

사람을 합리적으로 만들지 않는다.

오히려 감정적으로 만든다.

현실을 마주하기 무서운 사람은

현실보다 가까운 사람에게서 답을 찾으려 한다.

이것이 난임 부부가 처음 겪게 되는

보이지 않는 갈등의 시작이다.

서로를 적처럼 바라보는 순간들이 찾아온다

난임이 길어지면 사람은 결국

서로를 바라보는 눈빛이 바뀌기 시작한다.

말하지 않아도 서로의 마음이 달라져 있는 것을 느낀다.

어떤 날은 배우자의 작은 행동이

평소보다 더 크게 거슬리고,

어떤 날은

말투 하나에 마음이 상한다.

특히 난임 관련 검사 결과가 나오는 날에는

감정이 예민해질 수밖에 없다.

한쪽의 검사 수치가 낮게 나오면

그 사람은 말하지 않아도 자기 탓을 하게 된다.

그 순간 다른 쪽 배우자의 마음속에서도

말로 하기 어려운 감정들이 올라온다.

'혹시 당신 때문일까?'

'내가 아니고 당신 때문이면 어떡하지?'

'왜 하필 이런 결과가…'

사랑으로 결혼한 부부가

어느 순간

서로를 적처럼 바라보게 되는 것이다.

이 감정은 부부 모두에게 충격이다.

'평생 함께하자'고 약속했던 두 사람이
어떤 원인도 명확히 알 수 없는 문제를 앞에 두고
서로를 의심하는 순간이 찾아온다.
그리고 이 의심은 어떤 날은
폭풍처럼 휘몰아치기도 한다.

감정이 격해질수록, 부부는 서로를 맹렬히 비난하게 된다

난임이라는 현실은
부부 사이의 갈등을 커다란 소란 없이도
서서히, 그러나 깊숙하게 만들어 낸다.
어떤 날은 작은 말씨 하나 때문에 큰 싸움이 벌어진다.
"당신이 잘못한 거 아니야?"
"내가 뭘 어쨌다고 그래?"
"당신 집안에 이런 병력 있는 거 아니야?"
"당신 쪽에서 문제가 있는 거 아니야?"
자기도 모르게 서로의 집안과 과거를 끌어다
공격할 때가 있다.
이 순간이 난임 부부에게 가장 위험한 순간이다.
부부 관계의 신뢰는 이때 가장 크게 흔들린다.
평소에는 절대 하지 않았을 말들을

상처가 깊어질 때

그 상처를 덜어내기 위해 서로에게 던지게 된다.

난임이라는 문제는 부부 두 사람의 문제이지만

갈등 상황에서는 당장 눈앞의 상대에게

모든 원인을 씌우고 싶어진다.

이 감정은 사랑이 부족해서가 아니라

사람이 너무 힘들 때

본능적으로 보호막을 치고 싶어 하는 마음에서 나온다.

하지만 그 보호막은 상대에게는 공격처럼 느껴진다.

그래서 부부는 서로를 지켜야 하는 사람임에도

서로에게 상처를 준다.

서로를 탓하는 시간이 길어질수록

사람은 스스로가 너무 별로라는 걸 느끼게 된다

난임 갈등이 깊어지는 시기에는 부부 모두가

스스로를 미워하게 된다.

'나는 왜 이런 말을 했을까?'

'왜 이렇게 못난 사람이 되어버렸지?'

'이런 나를 배우자가 보면 얼마나 실망할까?'

난임 앞에 선 사람은 몸이 상처받기도 하지만

사실 마음이 먼저 상처받는다.

난임 갈등 속에서 사람은 자기가 원래 어떤 사람이었는지
혼란스러워한다.
원래는 상대를 사랑했고
서로를 위해 희생할 준비까지 되어 있던 사람이었는데
난임이라는 문제 앞에서 저도 모르게
가장 사랑하는 사람에게
가장 잔인한 말들을 내뱉는다.
그리고 이 사실이 사람을 더 힘들게 한다.
'이런 내 모습이 너무 싫다.'
'난 정말 못난 사람인가 보다.'
'왜 우리가 이렇게까지 변해야 하지?'
이 자괴감은 난임 자체보다 더 고통스러울 때가 있다.
몸의 통증은 시간이 지나면 가라앉지만
난임 과정에서 생긴 감정의 상처는
꽤 오래 남기 때문이다.

서로를 탓하는 건 문제를 더 망가뜨릴 뿐! 결국 해결책이 아님을 깨닫는다

난임의 원인을 서로에게서 찾고
서로를 탓하는 시간을 보내다 보면
언젠가 둘 다 깨닫게 되는 순간이 온다.

'아무것도 해결되지 않았다.'

'그냥 서로를 더 힘들게 만들었을 뿐이다.'

'이 모든 시간이 너무 쓸모없는 감정 낭비였다.'

부부는 결국 이 싸움이 누구의 잘못도 아닌

상황의 문제라는 것을 깨닫는다.

누가 좋고,

누가 나쁘고,

누가 잘했고,

누가 못했다는 기준이 없는 문제라는 것을

천천히, 그러나 분명하게 이해하게 된다.

그제야 마음이 조금 가라앉고

현실을 있는 그대로 받아들일 수 있게 된다.

그제야 서로를 바라보는 눈빛이

다시 부드럽게 변한다.

우리는 서로 사랑해서 결혼했다는 사실

난임이라는 현실 앞에서

사람은 자신이 결혼을 왜 했는지

잊어버리는 때가 있다.

하지만 갈등이 깊어졌다가 완전히 무너지는 순간,

마음속 깊은 곳에서

아주 단순한 진실이 되살아난다.

'우리는 서로를 사랑해서 결혼했다.'

이 진실은 난임 과정에서

부부를 다시 일으켜 세우는 가장 큰 힘이 된다.

서로가 아닌 문제와 싸워야 한다는 사실,

서로의 잘못이 아니라

상황의 문제라는 사실,

지금 겪고 있는 난임은

부부 인생의 '첫 고비'일 뿐이라는 사실을

다시 떠올리게 된다.

그리고 이 깨달음은

서로를 더 단단하게 붙잡게 만든다.

이유 찾기를 멈추는 순간, 사람은 비로소 난임의 사회에 '온전히' 발을 들인다

난임 부부가

이유 찾기를 멈추는 순간,

부부는 처음으로 난임이라는 세계에

제대로, 그리고 온전히 발을 들이게 된다.

현실을 인정하고,

서로를 탓하지 않고,

문제의 원인을 억지로 찾지 않고,

그저 지금의 상황을 있는 그대로 받아들이게 될 때

비로소 부부는 난임의 사회 속에서

같은 편이 된다.

그리고 이 순간부터 부부의 관계는

난임 이전보다 훨씬 깊어진다.

왜냐하면 부부는 이제

출발선이 아니라

상처의 중심에서 서로의 손을 잡기 때문이다.

이것은 난임이라는 사회가

부부에게 가르쳐 주는

아주 잔인하지만

아주 소중한 진실이다.

'우리는 서로에게 원인이 아니라 서로에게 힘이 되어야 한다.'

이 깨달음은 난임의 사회에 들어서는 사람들을

한층 단단하게 만든다.

난임 부부의 갈등은 사랑하기 때문에 더 아픈 것이다

난임 과정에서의 갈등은

사랑이 부족해서 벌어지는 게 아니다.

사랑이 깊기 때문에 더 아픈 것이다.

사랑하지 않는 사람과는

이런 깊이의 싸움을 하지 않는다.

자신의 가장 약한 모습을

가장 사랑하는 사람 앞에서

드러내게 되기 때문에

갈등이 깊어지고 상처도 커진다.

그리고 그 상처를 통해

사람은 더 깊이 사랑하는 방법을 배운다.

결국 난임의 사회는 둘이 함께 버티는, 둘만의 세계다

난임이라는 사회는

누구도 대신 살아줄 수 없는 세계다.

의사도,

부모도,

친구도,

직장 동료도

그 세계의 내부로 들어올 수 없다.

그 안에 들어갈 수 있는 사람은

오직 부부 둘뿐이다.

그만큼 아프고

그만큼 힘들고

그만큼 서로에게 의지해야 하기 때문이다.

이 세계에서 부부는 결국 깨닫는다.

'우리는 같은 편이다.'

'서로가 서로를 버티게 한다.'

'서로가 서로의 이유였지만 서로가 서로의 위로가 되기도 한다.'

그리고 이 깨달음은 난임이라는 세계의 문턱을 넘은 사람들이 다음 단계로 나아가는 가장 중요한 시작이 된다.

말 못 하는 슬픔을 견디는 방식

난임의 사회에 들어서면
사람은 하루에도 수십 번씩
슬픔과 희망, 절망과 기대가 뒤섞이는 감정을 견디며 살아야 한다.
하지만 그 어떤 순간에도
이 감정들을 온전히 말할 수 있는 사람은
부부 둘뿐이다.
왜냐하면 이 슬픔은
이 사회에 들어오지 않은 사람들에게는
설명해도 닿지 않기 때문이다.
부모도, 친구도, 직장 동료도
그 어디에도 이 감정 전체를
'정확히 이해하는 사람'은 없다.
그래서 난임 부부는 수많은 슬픔을 '말하지 않은 채'
견디는 법을 스스로 배워야만 한다.

겪어보기 전에는 몰랐던, 난임이 주는 말 없는 슬픔

난임이라는 문제는

몸의 병이자, 마음의 병이자,

삶 전체를 흔드는 감정의 병이다.

아프지도 않고, 겉으로 멀쩡해 보이는데도

사람은 너무 쉽게 무너진다.

겪어본 사람만 느끼는 아주 묘한 슬픔이 있다.

그 슬픔은 크게 소리 내어 울지도 않고

사람을 미친 듯 흔들지도 않는다.

대신 하루 종일 마음 밑바닥에 깔려 있는

무거운 그림자처럼 존재한다.

출근길 지하철에서 갑자기 눈물이 날 것 같다가도

회사에 도착하면 아무 일 없던 것처럼 웃어야 하는

그 이중적인 시간.

치료 결과를 기다리는 동안

세상에서 가장 불안한 사람이 되었다가

일이 끝나고 집으로 가는 순간

다시 아무렇지 않은 표정을 지어야 하는

그 서글픈 표정의 반복.

이런 슬픔은 말해도 말해도 설명되지 않는다.

그리고 말할수록 사람은 더 초라해지고

더 약해 보이는 것 같아 입을 닫는다.

슬픔은 부부만 본다
세상 앞에서는 절대 보이지 않는 진짜 얼굴

난임의 사회에서

사람은 두 개의 얼굴을 갖게 된다.

하나는

세상에 보여주는 얼굴.

정상적인 일상을 살아가는 척하고,

직장에서 문제없이 일하는 척하고,

친구들과는 괜찮은 척하며

일상의 대화를 이어가는 얼굴.

다른 하나는

부부만 아는 얼굴.

병원 진료실 앞에서 떨리는 모습,

결과를 받기 직전의 창백한 표정,

실패했을 때 주저앉아 울고 싶은 마음.

그리고 서로에게만 털어놓는

말 못 하는 슬픔들.

부부는 이 두 얼굴을 서로의 앞에서만 허물고

나머지 세상 앞에서는 철저하게 감춘다.

왜냐하면 이 슬픔은

세상에서 쉽게 이해되지 않기 때문이다.

사람들은 말한다.

"조금만 더 노력해 봐."

"요즘은 기술이 좋아져서 다 가능하다던데?"

"왜 그렇게 예민해져 있어?"

이런 말들은 위로의 말처럼 보이지만

슬픔을 고스란히 건드리는 말이 된다.

그래서 난임 부부는 슬픔을 나누고 싶어도

세상 앞에서는 조용히 접어둔다.

직장에서는 아무렇지 않은 척해야 하는 이유

직장 생활은 난임 부부에게 또 다른 시험이다.

난임 치료는 검사와 병원 스케줄이 많고

평일 낮에 병원을 가야 하는 일이 많다.

하지만 직장에서는 이 사실을 설명하기가 너무 어렵다.

대부분의 직장 동료들은

각자의 삶을 살아가고 있고

난임이라는 특별한 상황을 탓할 수도, 이해할 수도 없다.

그래서 사람은 병가나 반차를 내기 위해

억지로 "개인 사정입니다"라는 말만 하게 된다.

그러다 보면 심장이 조마조마할 만큼
미안함과 눈치가 쌓인다.
'아무도 몰라서 다행이다…' 하면서도
'왜 이렇게 초라한 모습이 되었을까…' 하는 슬픔이 따라온다.
직장에서 임신 소식을 듣는 날은 가장 견디기 힘든 날이다.
겉으로는 "축하해!"라고 말하며 웃지만
속으로는 눈물이 울컥 치밀어 오른다.
왜냐하면 그 기쁨의 순간이
지금의 자신과 너무 멀어 보이기 때문이다.
자연 임신 소식은 난임 부부에게
현실을 잔인하게 떠올리게 하는 소식이 된다.
그 순간 사람은 자기 자신이 너무 초라해 보이고
딴 세상 사람처럼 느껴진다.

병원 치료실 앞에서 기다리는 시간

세상에서 가장 긴 시간
난임 병원 로비나 문 앞에서 기다리는 시간은
정말로 길다.
모든 감정이 그 순간에 몰려온다.
불안, 기대, 떨림, 초조함, 절망, 희망….
모든 것이 한꺼번에 밀려온다.

가장 무서운 시간은

진료실 문이 열리는 순간이다.

그 문이 열리고 듣게 되는 말 한마디가

오늘 하루 전체를 바꿔버릴 수 있기 때문이다.

"지난번보다 좋아졌습니다"라는 말이면

그날 하루는 조금 더 밝아진다.

"이번엔 변화가 없네요"라는 말이면

가슴이 쿵 내려앉고

심장이 찢어지는 듯한 절망이 찾아온다.

이 두 문장은 난임 부부에게

천국과 지옥 같은 의미를 가진다.

그리고 이 시간을 누구도 대신 살아줄 수 없다.

부부는 이 감정을 누르고 오직 서로만 봐야 한다.

가족, 친구에게조차 말하지 못하는 이유

사람들은 말한다.

"가족에게는 얘기해야지."

"친구에게 털어놓으면 속이 편해질 거야."

"혼자 끙끙 앓지 말고 말해."

하지만 이건 겪어보지 않은 사람들이

쉽게 하는 말들이다.

난임 부부는 자신의 슬픔을

아무에게나 털어놓을 수 없다.

왜냐하면 슬픔을 나눈다는 건

다시는 주워담을 수 없는 감정의 문을 여는 일이기 때문이다.

부모님께 말하면 걱정을 줄까 봐 두렵고

친구에게 말하면 동정받게 될까 봐 무섭다.

직장 동료에게는 혹여 소문이라도 날까 봐 더 조심스럽다.

무엇보다 아무리 말해도

그 감정이 100% 이해되지 않는다는 사실을

이미 알고 있기 때문이다.

그래서 난임 부부는 이 슬픔을

서로에게만 나눈다.

슬픔이 너무 커질 때,
사람은 '다른 사람들과 비교'하며 위로를 찾고 싶어진다

난임의 슬픔 속에서 사람은 자연스럽게 비교를 한다.

'우리보다 더 힘든 사람도 있지 않을까?'

'우리보다 더 나쁜 상황인 부부도 있을 거야.'

'그래, 그래도 우리는 결혼했잖아.'

'아직 시도할 수 있잖아.'

이런 비교는 가장 인간적인 방어기제다.

희망이 너무 멀어 보일 때

사람은 자신보다 더 어려운 사람을 떠올리며

스스로를 안정시키려 한다.

아직 결혼하지 못한 친구,

아예 아이를 포기한 친구,

연애조차 쉽지 않은 사람.

이런 사람들의 현실을 보며

사람은 잠시나마 자신을 위로한다.

하지만 이런 위로도 오래 지속되지는 않는다.

왜냐하면 난임의 슬픔은

순간순간 고개를 들어

사람을 다시 끌어내리기 때문이다.

그래서 난임 부부는 비교로 위로받고

비교로 다시 슬퍼진다.

부부가 서로의 슬픔을 견디는 방식

말하지 못하는 슬픔을 견디는 과정에서

난임 부부는 서로만의 견디는 방식을 찾아낸다.

서로에게 아무 이유 없이 작은 선물을 건네거나

말로 위로할 수 없을 때 작은 행동으로 위로하는 것.

따뜻한 차 한 잔,

손에 쥐여주는 초콜릿,

퇴근길에 사온 작은 케이크.

이건 말보다 더 큰 위로가 될 때가 있다.

아무 말 없이 옆에 앉아 있어 주는 것.

슬픔이 깊을 때 사람은 말보다 존재가 필요하다.

그저 옆에 앉아 있는 것만으로

서로에게 견딜 힘이 되어준다.

울음이 몰려올 때, 서로의 등을 토닥여 주는 것.

난임 부부는 서로가 울 때

말보다 손으로 위로하는 방법을 배운다.

토닥토닥.

그 리듬만으로도 부부는 서로를 붙잡는다.

서로에 대한 미안함을 자주 말하며 마음을 다시 묶는 것.

난임 과정에서는 "미안해"라는 말이

이상할 정도로 자주 나오지만

그 말 덕분에 마음이 다시 단단해진다.

이렇게 부부는 슬픔을 단단하게 견디는 법을

조용히, 천천히 배워간다.

슬픔은 결국, 부부가 함께 만들어 가는
또 다른 사랑의 형태

난임은 사람을 아프게 하고 상처를 남기지만
그 속에서 부부는 새로운 사랑의 형태를 배우게 된다.
서로를 위로하는 법,
서로에게 기대는 법,
서로의 슬픔을 알아채는 법,
서로의 상처를 감싸는 법.
이 감정들은 난임이라는 사회가 아니면
배울 수 없는 것들이다.
아이러니하게도
난임의 세계에서
사람은 사랑을 더 깊게 이해한다.
왜냐하면 두 사람이 같은 슬픔을 겪으며
서로를 잃지 않기 위해 손을 더 꽉 잡기 때문이다.

결국 우리가 슬픔을 견딜 수 있는 이유는
서로밖에 없기 때문이다

난임의 슬픔은 누구에게도 정확히 이해받을 수 없다.
겉으로 멀쩡해 보이는 몸,

말로 설명되지 않는 감정,

다시 실패했을 때의 절망,

희망을 품는 것조차 두려운 나날들.

이 모든 감정을 온전히 이해하고

공감할 수 있는 사람은 오직 배우자뿐이다.

두 사람만 같은 사회에 있기 때문에.

두 사람만 같은 시간과 같은 감정을 겪기 때문에.

두 사람만 서로의 눈에서 슬픔의 깊이를 읽을 수 있기 때문에.

그래서 난임 부부는 세상 모두가 떠나도

서로의 슬픔만은 절대 떠나지 않는다.

그리고 이것이 난임의 사회에서

사람이 헤어지지 않고 다시 서로를 붙잡는

가장 큰 이유다.

말하지 못하는 슬픔은 사라지지 않는다
하지만 부부는 그 슬픔을 '함께' 견디며 살아간다

난임의 슬픔은 시간이 지나도 완전히 사라지지 않는다.

하지만 그 슬픔을 혼자 견디지 않고

둘이 견디는 순간부터

슬픔은 무게를 조금씩 잃기 시작한다.

부부는 서로를 지켜주기 위해

애써 괜찮아 보이려고

슬픔을 숨기고

덜 힘들어 보이려고 애쓰지만

결국 그 모든 노력은

부부가 서로를 사랑하기 때문이고

그 사랑이 슬픔을 버틸 수 있게 만드는 힘이 된다.

이것이 난임의 사회에서

부부가 배워가는 가장 중요한 감정이다.

슬픔을 말하지 않아도,

말로 표현하지 않아도,

서로를 바라보는 눈빛만으로

모든 것을 이해하는 관계.

난임이라는 슬픔은

부부에게 너무 잔혹하지만

그 속에서 태어나는 사랑은

어느 순간

두 사람을 다시 일으켜 세운다.

그리고 이렇게 부부는 말하지 못하는 슬픔을

매일 조금씩, 조금씩 함께 견디며 살아간다.

밖에서는 설명해도
닿지 않는 감정과 사회적 단절

난임의 사회에 들어온 사람들은

처음에는 본인도, 주변 사람들도

그 감정의 깊이를 전혀 이해하지 못한다.

당사자조차

처음엔 '조금만 기다리면 되겠지'라는 생각으로

자신이 걷게 될 감정의 지형을 알지 못한 채

가벼운 발걸음으로 이 세계에 들어선다.

그러나 시간이 지날수록

이 사회는 단순한 기다림이나 초조함의 문제가 아니라

사람의 자존심, 존재감, 인간관계까지

모두 뒤흔드는 영역이라는 것을

뒤늦게 깨닫게 된다.

겪어보지 않은 사람은 절대 이해하지 못할 것이라는 사실도

그제야 또렷하게 다가온다.

그리고 그 깨달음은 사람을 외부 세계에서

조용히, 그러나 확실하게 멀어지게 만든다.

'그들은 이해하지 못한다'는 확신
스스로를 보호하기 위한 본능

난임을 경험하기 전에는 나도 몰랐던 감정이 있다.

그래서 주변 사람도 절대 알지 못한다는 사실을

난임을 겪으며 절실하게 깨닫는다.

"겪지 않은 사람은 모른다"는 말은 투병이나 난임처럼

삶을 근본적으로 흔드는 경험을 한 사람들이

공통적으로 하는 말이지만

난임 앞에서는 이 말이 더 깊은 무게를 갖는다.

사람들은 악의 없이 던진 말이

상대를 얼마나 아프게 하는지 모른다.

"애기는 언제 가질 거야?"

"요즘은 준비 안 해?"

"둘이 좀 더 즐기고 싶은 거 아니야?"

"왜 아직 소식이 없어?"

"너희는 계획이 없나 봐?"

이런 말들은

일상적인 안부처럼 건네지는 말이지만

난임 부부에게는

매번 칼처럼 가슴을 찌르는 말이 된다.

그 말들이 쌓이면

사람은 스스로의 마음을 지키기 위해

점점 침묵의 벽을 세운다.

나는 나를 지켜야 한다.

마지막 남은 자존심을 지켜야 한다.

그래서 말하지 않는다.

절대 쉽게 털어놓지 않는다.

이 침묵은 고립을 부르는 것 같지만

사실은 스스로를 지키기 위한

그들의 마지막 방패다.

일상적인 안부조차 상처가 된다

난임을 겪으면

사람의 귀는 예민해지고

마음은 유리처럼 얇아진다.

상대는 아무 의도 없이 물었을 뿐인데

그 말이 흉기가 되는 순간이 많다.

"애기는 아직이야?"

"왜 준비를 안 해?"

"너희 둘이 너무 여유 부린 거 아니야?"

"빨리 가지면 좋지 않나?"

이 말들이 평범한 일상 속 대화일지 모르지만

난임 부부에게는 다음과 같은 의미로 들린다.

"너희는 남들처럼 하지 못하고 있다."

"어딘가 문제가 있는 건 아닐까?"

"정상적인 흐름에서 뒤처진 부부처럼 보인다."

이 무의식의 상처가 쌓이면

사람은 사람을 무서워하게 된다.

그래서 오랜만에 만나는 친구도 반갑지 않다.

왜냐하면 그 안부 인사 속에는

항상 '그 말'이 숨어 있기 때문이다.

'결혼 생활은 어때?'

'아이 계획은?'

'언제쯤 좋은 소식 들려줄 거야?'

이런 말들을 듣고 싶지 않다는 마음이

사람을 조용히 사회에서 멀어지게 한다.

내가 먼저 단절하는 사회
스스로 벽을 세우며 형태를 잃는 인간관계

난임의 사회에 들어오면

사람은 인간관계에 벽을 하나씩 쌓기 시작한다.

그 벽은 처음에는 낮고, 얇고, 금방 허물어질 것처럼 보이지만

시간이 지날수록 두껍고 단단해지고

결국 사람을 고립으로 몰아넣는다.

'당분간 조용히 지내고 싶다.'
친구들 모임에 나가지 않는다.
그냥 피곤해서라고 핑계를 댄다.
아이 이야기가 나오는 것이 싫고
결혼 생활 이야기가 부담스럽기 때문이다.

'모임이 불편하다.'
같은 또래, 같은 상황의 사람들이 모이는 자리가
가장 위험한 자리다.
누군가는 임신을 했고
누군가는 아기를 키우고 있으며
누군가는 둘째를 준비한다.
그날 밤 사람은 깊은 우울에 잠긴다.

'나는 빠지고 싶다.'
초대가 와도 회피한다.
어색해질까 봐,
내 상황을 들킬까 봐,
눈물이 날까 봐.
사람은 그렇게 스스로 벽을 쌓고

스스로 고립된 사회를 만든다.

이 고립은 스스로 선택한 것 같지만

사실은 상처받지 않기 위한

처절한 자기방어다.

사회적 단절 속에서 점점 사라지는 자신감과 무너지는 자존감

난임은 단순히 '임신이 되지 않는다'라는

문제가 아니라

사람의 자존감 전체를 흔드는 경험이다.

자신이 어른으로 보이지 않는 순간,

사회인으로 보이지 않는 순간,

정상적인 흐름에서 벗어난 사람처럼 느껴지는 순간이

계속 찾아온다.

그리고 그 모든 순간은 사람을 위축시킨다.

사회에서의 나,

직장에서의 나,

가족 속의 나….

그 모든 '나'가

조금씩 흔들린다.

어느 날은 정말 아무것도 아닌 일에

눈물이 나는 자신을 발견하고,

어떤 날은 과도하게 까칠해진 자신의 표정을 보고

충격을 받는다.

'내가 왜 이렇게 예민해졌지?'

'왜 이렇게 무너져 보이지?'

'원래 나는 이런 사람이 아니었는데…'

이런 생각들이 반복되면서 사람은

조금씩 자신감을 잃는다.

난임은 몸보다 마음을 먼저 병들게 한다.

사람을 위축시키고 자기를 공격하게 만들며

스스로를 깎아내리게 만든다.

이 세계를 겪어보지 않으면

이 감정을 절대 이해할 수 없다.

고립된 세계 속에서 내가 의지할 수 있는 사람은 결국 단 세 명

난임으로 인해 사람은 아이러니하게

관계를 잃으며 가장 중요한 관계를 다시 확인하게 된다.

그 관계는

배우자,

부모님,

형제자매.

'배우자.'
같은 사회에 속한 단 한 사람,
모든 감정을 공유하는 사람,
내가 쓰러져도 붙들어줄 사람.

'부모님.'
말하지 않으려 해도
내 마음을 가장 먼저 알아채는 사람들.
슬픔을 말하지 않아도
손을 잡아주는 사람들.

'형제자매.'
내가 평소보다 말이 없다는 이유만으로
이미 무언가를 눈치채는 사람들.

결국 고립 속에서 사람은 깨닫는다.
'나의 구명은 결국 가족이다.'
'가족만이 이 감정을 조금이라도 받아줄 수 있다.'
외부의 수많은 관계는 난임 앞에서 흔들리지만
가족이라는 울타리는 그 순간부터 더 단단해진다.

고립을 겪을수록 더 강해지는 가족에 대한 욕구

난임의 고립은

사람을 더 외롭게 만드는 동시에

가족을 만들고 싶은 욕망을 더 강하게 만든다.

내 아이에게 따뜻한 가정을 주고 싶다.

형제자매를 만들어 주고 싶다.

나와 배우자가 만들어 낼 새로운 가족을 보고 싶다.

이쯤 되면 난임은 단순히 임신의 문제가 아니라

'삶의 꿈'이 걸린 문제로 바뀐다.

그리고 이 욕망은 사람을 다시 일으켜 세운다.

금방 무너질 것 같던 마음이

이 꿈 하나 때문에 다시 버티기 시작한다.

하지만 동시에 시간의 압박도 함께 따라온다.

'이제 시간이 많지 않다.'

'조금이라도 빨리 희망의 소식을 듣고 싶다.'

'첫 임신이라는 행복을 꼭 경험하고 싶다…'

이 절박함은 사람을 더 예민하게 만들기도 하고

더 강하게 만들기도 한다.

고립 속에서 난임의 세계 전체를 바라보는 마음

자신이 난임의 세계에 속한다는 사실을 받아들이면
사람은 다시 한번 이 사회 전체를 바라보게 된다.
다른 사람들의 아픔을 보면
그 아픔이 내 아픔처럼 느껴지고
다른 사람의 작은 기적을 보면
그 기적이 내 기적인 것처럼 느껴진다.
난임 부부가 잘 모르는 사람임에도
서로를 응원하는 이유는 그 사회가 가진 슬픔과 절절함을
서로가 너무 잘 알기 때문이다.
그래서 사람은 고립 속에서도
묘한 연대를 경험하게 된다.
'우리 모두 잘 되었으면 좋겠다.'
'모든 사람에게 기쁜 소식이 오면 좋겠다.'
'저 사람도, 나도, 모두 행복했으면….'
이 바람은 난임이 준 슬픔 속에서
사람이 발견하는 아주 따뜻한 마음의 일부다.

결국 난임의 고립은 '절망'이 아니라

다음 단계로 가기 위한 '필요한 과정'이라는 것을 배운다

난임의 고립은 사람을 무너뜨리기도 하지만

그 속에서 사람은 자신이 어떤 사람인지

더 깊이 이해하게 된다.

사람은 고립을 통해 관계를 정리하고

가치를 새로 세우고

가족의 의미를 다시 확인하게 된다.

그리고 그 과정이 끝날 때

사람은 깨닫게 된다.

'나는 이제 난임의 사회 일원이다. 하지만 나는 혼자가 아니다.'

이 깨달음은 난임의 고립된 사회 속에서

사람이 다시 일어서기 위한 첫걸음이다.

난임의 세계를 지나며
우리가 성장해 온 마음

우리는 난임의 세계에 스스로 들어온 것이 아니었다.

갑작스럽게 주어진 현실 앞에서

우리도 처음에는 무엇이 우리를 기다리고 있는지

전혀 알지 못한 채 그 문턱에 서 있었다.

난임이라는 단어는 처음엔 너무 멀게만 느껴졌고,

'설마 우리가?'라는 마음으로

서로를 위로하며 살아왔다.

하지만 결국 우리는 그 문을 넘었다.

그리고 들어오는 순간부터

난임의 세계는 우리가 살아온 일상과는

전혀 다른

감정의 깊이를 가진 세계라는 것을 알게 되었다.

난임의 세계에 들어오는 순간 우리가 처음 마주한 것

처음에는 억울함이 가장 컸다.

치열하게 공부했고,

힘든 취업난을 버텼고,

고물가와 치솟는 집값 속에서도

어렵게 자리 잡아 결혼까지 왔는데,

아이를 갖는 일만큼은

왜 이렇게 마음대로 되지 않을까?

이 감정은 서로에게도, 주변 누구에게도 설명하기 어려웠다.

나조차 이해하지 못하는 감정이었으니

다른 누군가에게 닿을 리가 없었다.

그래서 우리는 말하기보다

침묵을 선택하는 법을 먼저 배웠다.

구성원으로서 겪는 감정의 과정
슬픔과 희망의 반복 속에서 단단해진 우리

난임의 세계에 들어오면

부부는 자연스럽게 이 세계의 구성원이 되어

그 안의 감정과 룰을 배우게 된다.

병원 로비에서의 침묵,

진료 결과를 기다리는 떨림,

희망을 품는 것이 두려운 마음,

남들의 질문 앞에서 얼어붙는 표정….

우리는 이 감정들을 매일 마주하며
조용히 단단해졌다.
희망과 절망이 반복될 때
우리는 서로를 붙잡는 법을 배웠다.
서로의 침묵을 해석하는 법도,
상대의 작은 떨림을 읽는 법도,
말 없는 위로를 건네는 법도
조금씩 익혀나갔다.
이 경험은 우리 두 사람을 이전보다
훨씬 깊은 관계로 묶어주었다.

난임의 세계 속에서 발견한 '우리'라는 힘

고립되는 것은 자연스러운 과정이었다.
사람들이 무의식적으로 던지는 질문과
장난처럼 건네는 조언들이
우리를 더 조용한 세계로 밀어 넣었다.
우리는 스스로 벽을 세웠고
친구들과의 모임도 줄였다.
안부 인사 속에 숨어 있는 질문들이
상처가 될 때가 많았기 때문이다.
하지만 고립 속에서도 우리는 더욱 강한 연결을 경험했다.

우리 둘만 이 세계를 이해했고

우리 둘만 서로의 고통을 읽을 수 있었다.

그래서 서로는 세상이 좁아질수록

더 큰 힘이 되어주었다.

난임의 세계가 우리에게 가르쳐 준 것

더 따뜻한 사회 구성원으로의 성장

난임을 겪기 전,

우리는 누군가의 아픔을

"힘들겠지"라고만 말하던 사람이었다.

하지만 이제 우리는 안다.

말로 표현되지 않는 고통이 얼마나 깊은지,

희망을 품는다는 것이 얼마나 큰 용기인지,

기다림이 얼마나 사람을 지치게 하는지.

이제 우리는 난임의 세계에 있는 사람을 보면

그들의 눈빛만으로 그 마음을 읽을 수 있다.

그들의 작은 미소가 얼마나 큰 용기인지,

그들의 말 없는 침착함 속에

얼마나 큰 불안이 숨어 있는지

우리는 너무 잘 안다.

이 경험은 우리 마음을 더 깊게 만들었고

타인의 아픔을 더 조심스럽게 다가가게 만들었으며
서로를 더 단단히 붙잡게 했다.
난임의 세계는 우리에게 고통만 준 것이 아니라
우리를 더 따뜻한 사람으로,
더 깊이 이해하는 사람으로,
더 넓은 마음을 가진 사회 구성원으로 성장시킨 세계였다.

결국 난임의 세계를 지나며 우리가 깨달은 것

난임은 우리를 무너뜨렸고,
우리의 관계를 흔들었으며,
때로는 절망으로 몰아넣었지만
그 안에서 우리는 다시 서로를 붙잡고 일어섰다.
이 경험은 우리에게 새로운 눈을 주었다.
세상을 바라보는 눈,
타인의 마음을 읽는 눈,
상처를 감싸는 눈.
우리는 이제 난임의 세계를
두려움의 세계가 아니라
우리를 더 깊고 따뜻하게 만든
하나의 사회로 기억하게 될 것이다.
그리고 언젠가

다른 사회에서 누군가의 상처를 만났을 때

우리는 난임의 세계에서 배운 따뜻함으로

그들을 안아줄 수 있는 사람이 되어 있을 것이다.

그것이 난임의 세계가 우리에게 준

가장 큰 성장이다.

4장

이혼의 사회

관계가 무너진 뒤의
조용한 세계

결혼을 준비하며 느껴지는
작은 균열과 불안한 직감

결혼은 많은 사람들이 '행복의 출발선'이라고 말하는 순간이다.

누군가는 결혼식을 준비하는 기간이

가장 설레는 시간이라고도 한다.

하지만 실제로 결혼을 준비해 본 사람들은 안다.

그 설렘의 그림자 뒤에는

평소엔 전혀 몰랐던 서로의 세계가 모습을 드러내는

낯선 긴장과 작은 충돌들이 숨어 있다는 것을.

프러포즈의 눈부신 순간이 지나고, 현실적인 준비가 시작되면

두 사람은 처음으로

'우리의 삶을 어떻게 함께 만들어 갈 것인가'라는

질문과 마주한다.

그리고 그 질문의 답을 찾는 과정에서

사소해 보이지만 아주 본질적인 차이들이 하나둘 드러난다.

결혼의 로망, 결혼을 하는 이유, 앞으로의 삶에 대한 방향성,

돈을 쓰는 방식, 절약과 소비의 감각, 투자에 대한 태도,

집안 분위기, 스트레스 푸는 법, 말투와 대화 방식,

가족 문화, 부모님의 가치관, 결혼식 장소, 비용 분담,

예단 예물 처리 방식, 신혼집 위치와 대출 규모,

가구 가전 스타일….

이 모든 것이 두 사람을 시험한다.

말로는 "서로 배려하자"고 약속해도

막상 결정해야 할 문제들이 쏟아지기 시작하면

자신도 모르게 양보하지 못하는 지점이 찾아온다.

어떤 날은 결혼식 장소를 둘러보다가

"나는 이런 분위기가 좋아"라는 말에

상대가 시큰둥한 표정을 짓는 것이 신경 쓰이고,

어떤 날은 신혼집 예산을 논의하다

상대의 부모가 던진 한마디 때문에

하루 종일 마음이 불편해진다.

대화하다 보면

이 사람은 스트레스를 받을 때 이렇게 반응하는구나,

문제가 생겼을 때 이렇게 말하는구나,

가족 이야기가 나오면 이렇게 예민해지는구나,

경제관념이 나와는 이렇게 다르구나,

미래를 바라보는 방식이 이렇게 부딪히는구나.

하나둘 깨닫는다.

그러면서도 속으로 생각한다.

"그래, 결혼은 이런 부분을 맞춰가는 과정이라고 했으니까…"

"사람마다 다르니까, 이해해야지."

"사랑하면 다 괜찮아질 거라고 했으니까…."

하지만 이해와 배려만으로는

그 상황을 설명할 수 없는 날들이 있다.

나 스스로도 몰랐던 '내가 포기할 수 없는 것들'이

갑자기 모습을 드러내기 때문이다.

그동안 연애할 때는 전혀 문제가 되지 않던 것들이

결혼 준비 과정의 중요한 선택 앞에서는

마치 자기 정체성을 지키는 일처럼 느껴진다.

"이건 이렇게 하고 싶어."

"나는 이 부분만큼은 양보할 수 없어."

상대방도 마찬가지다.

서로가 지키고 싶은 것들이 겹치는 순간,

그 부딪힘은 생각보다 크게 느껴진다.

그 순간들 속에서

보이지 않던 균열이 아주 미세하게 생겨난다.

티가 잘 나지 않지만,

마음의 깊은 곳에서 작은 금처럼 간질간질하게 번지는 균열이다.

처음에는 그저 '의견 차이'라고 넘긴다.

하지만 결혼식 비용을 어떻게 나눌지,

신혼집 위치를 어디로 할지,

어떤 부모의 의견을 더 따를지,

양가 조율을 누가 맡을지와 같은

현실적인 문제들이 겹쳐지기 시작하면

그 균열은 조용히 넓어진다.

말은 잘 안 하지만,

서로의 마음속에는 이런 속삭임이 지나간다.

'이 사람과 평생 함께해도 괜찮을까?'

'이런 모습이 결혼 후에도 반복되면 어떡하지?'

'우리 가치관이 생각보다 많이 다른 걸까?'

'내가 너무 예민한가? 아니면 이 불안이 신호일까…?'

결혼 준비란,

두 사람이 함께 새로운 삶을 꾸려가는 과정이기도 하지만

동시에 서로의 세계가 충돌하고

각자가 감추고 있던 본질이 드러나는 순간들의 연속이기도 하다.

그리고 어느 순간,

그냥 작은 다툼이라고 생각했던 일들에서

말로 설명하기 어려운 불안한 직감이 피어오른다.

마치 마음 깊은 곳에서

'어딘가 조금 이상하다.'

'이 느낌을 그냥 넘겨도 괜찮을까?'

하는 묘한 경고가 울리는 듯한 순간.

결혼을 준비하는 동안 이런 감정을 느낀다고 해서

모두 이혼의 길로 가는 건 아니다.

많은 사람들은 충돌 속에서도 서로에게 다가가고

그 차이를 끌어안으며 부부로서 성장한다.

하지만 어떤 사람들에게는

그 불안한 직감이

결혼 이후 반복될 문제들의 전조처럼 느껴진다.

결혼식이 다가올수록,

결정해야 할 문제가 늘어날수록,

두 사람의 대화가 논쟁으로 길어질수록,

그 불안은 조금씩 확신으로 굳어진다.

'우리, 무언가 맞지 않는 것 같다'는

입 밖으로 꺼내지 못한 문장들이

마음속에서 자꾸만 맴돈다.

결혼식 날,

축하와 웃음과 사진 속의 밝은 표정 뒤에서조차

그 불안은 잠시 가라앉았다가

혼인신고를 하고,

짐을 옮기고,

신혼집에 첫날밤을 보내고,

처음으로 일상을 공유하기 시작하면

다시 조용히 떠오른다.

결혼 준비 동안 느껴졌던

작은 충돌,

사소한 갈등,

양보하지 못했던 순간,

가족 간의 미세한 긴장감,

대화의 어긋남,

의견의 묶음들이

막상 결혼 생활이 시작되면

더 분명한 모양을 갖추기 때문이다.

그리고 어느 날,

결혼을 결정했던 이유보다

결혼을 후회하게 만드는 이유가 더 크게 느껴지는 순간을

마주하게 된다.

그때 비로소 깨닫는다.

결혼이 행복의 시작일 수도 있지만

이혼의 문은 결혼 준비 과정에서 조용히 열리기 시작했다는 것을.

누구도 그 문 앞에 서게 될 줄 몰랐던 사람조차

그 과정 속에서 세밀하게 쌓여온

불안의 그림자들을 떠올려 보면

그 결말은 어느 날 갑자기 찾아온 게 아니라는 사실을 알게 된다.

결국,

결혼을 준비하며 스쳐 지나간 작은 균열들은

이혼이라는 사회로 들어가는 문턱의 그림자였음을

뒤늦게 깨닫게 된다.

그리고 그 현실을 마주하는 감정은

애써 삼켜왔던 불안과 억눌렸던 직감이

모두 한꺼번에 떠오르는 듯한

담담하면서도 쓰라린 텁텁함이다.

결혼을 준비하며 느껴졌던 작은 균열들은

결혼 생활 속에서도 조용히 모습을 달리해 가며 반복된다.

사소한 말투 하나에 상처받고,

정말 하찮은 생활습관 하나에 감정이 흔들리고,

양가 가족의 말 한마디가 부부 사이에 긴 그림자를 드리운다.

하지만 아이러니하게도

많은 사람들은 이 불안감을 오래도록

입 밖에 꺼내지 못한다.

"결혼은 원래 이런 거래."

"부부는 맞춰가는 거야."

"처음엔 다 부딪히는 거지."

주변에서 들었던 말들이

자기 마음을 달래는 변명처럼 들려오고,

'내가 너무 예민한 건가?'

'내가 조금 더 이해하면 되는 건가?'

'내가 사랑한다면 이 정도는 견뎌야 하는 건가?'

스스로에게 그렇게 말하며

불안을 뒤로 밀어 넣은 채 살아간다.

사람들은 종종 말한다.

"결혼은 두 사람이 아니라

두 집안이 만나면서 만들어지는 과정"이라고.

하지만 그 말은

두 사람이 서로 사랑하며 만든 세계 안에

서로가 애초에 상상해 보지 못했던 요소들이

끝없이 유입된다는 뜻이기도 하다.

그 요소들이 쌓이며 무게를 만들고,

그 무게는 천천히 균형을 무너뜨린다.

그러나 우리는 당장 문제를 해결하기보다는

'타협'이라는 이름을 붙이며

잠시 봉합하고 넘어가려 한다.

'조금만 더 이해해 보자.'

'조금만 더 맞춰보자.'

'시간이 지나면 괜찮아지겠지.'

이렇게 스스로를 설득한다.

왜냐하면 누구도 결혼이 실패하길 바라지 않기 때문이다.

그리고 더 깊은 이유는,

'행복해지고 싶어'라는 아주 단순하면서도

절박한 마음 때문이기도 하다.

그래서 우리는 불안을 안고도

희망을 붙든 채 하루하루를 살아간다.

상대가 조금 변해주기를 바라며

나도 조금 변하려 노력하고,

어떤 날은 내가 더 내려놓는 것이 맞는 것 같아

억지로 마음을 다독이며 넘어가기도 한다.

그 순간순간은

꼭 누가 잘못해서가 아니라

서로의 삶이 너무 다른 방향에서 자라왔기 때문이다.

두 세계가 맞닿는 과정에서 생기는

근본적인 마찰에 가까운 것이다.

결혼을 이어가기 위해

양보하고, 타협하고, 이해하고,

내가 조금 더 참으면 다 괜찮아질 것이라고 믿는다.

그러나 그런 노력이 쌓일수록

어느 순간 문득 깨닫게 된다.

내가 지키고 싶었던 가장 중요한 가치를

차츰 잃어가고 있다는 사실을.

내가 웃지 않는다는 것.

내가 편하지 않다는 것.

내가 나답게 숨 쉬지 못한다는 것.

결혼 생활이라는 큰 틀 안에서

내가 조금씩 투명해지고 있다는 사실을

어느 순간 알아차린다.

그리고 만약 아이가 있다면

불안은 더 큰 방향으로 자란다.

나의 삶뿐 아니라

아이의 안전, 아이의 감정, 아이의 행복까지

함께 무게로 다가오기 때문이다.

'이 아이가 어떤 분위기 속에서 자랄까?'

'이 아이가 보고 듣는 이 세계가 건강할까?'

'내가 지금 붙들고 있는 이 결혼이

정말 우리 아이에게도 좋은 선택일까?'

그 질문들은 날카롭고, 무겁고, 냉정하지만

부모라면 피할 수 없는 질문들이다.

그 질문 앞에 서게 되면 사람은 더 이상

'참으면 괜찮아질 거야'라는 기대만으로는

삶을 이어가기 어렵다는 현실을 받아들여야 한다.

어떤 사람들은 부부 상담을 받아보기도 하고,

잠시 떨어져 지내며 서로를 돌아보기도 한다.

하지만 그 과정에서도

끝내 회복되지 않는 지점이 존재한다는 사실을

깨닫는 순간이 찾아온다.

그때, 우리가 마음속에서 외면해 왔던 문이

조용히 모습을 드러낸다.

이혼이라는 사회로 들어가는 문.

그 문은 누구도 기쁜 마음으로 두드리지 않는다.

원했던 길이 아니기 때문이다.

그렇다고 그 문을 끝까지 피하는 것이

항상 행복을 보장해 주는 것도 아니다.

결국, 나의 행복을 지키기 위해서,

혹은 아이의 미래를 지키기 위해서,

아니면 내가 더 이상 부서지지 않기 위해서

그 문 앞에서 멈춰 서게 된다.

그리고 아주 천천히, 손을 뻗는다.

'이 선택이, 나와 우리 아이의 삶을 지켜줄 수 있을까?'

'이 문을 지나면, 나는 더 단단해질 수 있을까?'

수없이 많은 고민 끝에,

수없이 많은 밤을 보내고 나서야,

사람은 그 문을 조용히 두드린다.

이혼은 타협하지 못해서가 아니라

내 삶의 소중한 가치를 지키기 위해 내려놓는 선택이기도 하다.

원치 않았던 사회지만

결국 들어갈 수밖에 없었던 세계.

무엇보다 나와 아이의 삶이

더 이상 흔들리지 않도록 하기 위해

내가 할 수 있는 최선의 선택임을

스스로에게 수백 번 설명하며

그 문 앞에 선다.

이렇게 결혼을 준비하며 시작되었던

작은 균열과 불안한 직감은 결혼 생활이라는 시간을 지나

당신을 결국 이혼이라는 사회의 문 앞으로 데려온다.

그 문을 두드리는 순간,

사람은 깨닫는다.

이 선택은 도망이 아니라

내가 지켜야 하는 삶을 되찾는 과정이라는 것을.

관계가 끝나는 순간,
나의 세계도 함께 무너진다

이혼은 누군가의 삶에서

'작은 실패'라고 말할 수 있는 종류의 일이 아니다.

어떤 사람도 쉽게 선택하지 않고,

어떤 사람도 가볍게 말할 수 없다.

그 순간은 단순히 한 관계가 끝난 것이 아니라,

내가 쌓아온 모든 세계

나라는 존재를 둘러싸고 있던

시간, 집, 가족, 역할, 꿈

그 모든 것이

한순간에 잿더미처럼 무너지는 경험이다.

세상은 이혼을 새로운 삶의 시작이라고 말한다.

앞으로 더 행복해질 거라고 위로한다.

하지만 이혼 직후의 하루하루는

누구도 쉽게 상상할 수 없는

거대한 붕괴의 감정으로 찾아온다.

서명 한 번으로 모든 것이 달라진다.

법적 절차는 짧고 간단하지만

그 서명 뒤에는

여러 해 동안 쌓여왔던 기대와

버팀목이 모두 부서져 발밑이 푹 꺼지는 듯한

느낌이 남는다.

이혼은 단순히 부부라는 관계의 종료가 아니라

삶의 구조 자체가 붕괴되는 경험이다.

함께 꾸며놓았던 집의 분위기, 놓여 있던 물건들,

출근 전 무심코 나누던 말투,

하루 일과를 돌아볼 때 찾던 '내 사람'의 자리….

이 모든 것 속에 내가 있었고

그 위에 내 삶의 질서가 세워져 있었다.

그런데 그 질서가 무너지는 순간,

사람은 갑자기 세상에 덩그러니 혼자 남겨진 기분을 느낀다.

누구에게 기대어 울 수도 없고, 어떤 말로도 설명이 안 되는

막막한 고립 위에 서게 된다.

부모님에게 느끼는 죄송함

이 감정은 특히 부모님 앞에서 가장 깊어진다.

결혼식 날 흐뭇하게 웃던 부모님의 얼굴이 떠오르고,

"너만 행복하면 돼"라고 말하던 손이 떠오르고,

딸 혹은 아들이 잘살길 바랐던 그 마음이 떠오른다.

그래서 이혼이 결정되는 순간 사람은 이렇게 느낀다.

'나는 부모님의 기대를 저버린 사람인가.'

'내 결혼을 기뻐해 주던 그분들에게 너무 미안하다.'

부모님이 잘못한 것이 하나도 없는데

그분들이 대신 상처받을 것 같아 가슴이 무겁다.

가족 모임에 나가기도 어렵다.

아무렇지 않은 척 웃지만

내 얼굴을 보는 누군가의 시선 속에서

안쓰러움이나 걱정을 발견할까 두려워

자꾸만 자신을 숨기게 된다.

가장 사랑하는 아이들에게 느끼는 미안함

그러나 무엇보다 마음을 짓누르는 건

아이에 대한 죄책감이다.

아이에게는 아무 죄가 없다.

아이에게는 모든 것이 사랑이어야 했다.

그런데 부모라는 두 축이 흔들리면

그 파동은 결국 아이에게 가장 먼저 닿는다.

그래서 이혼 과정에서

가장 많이 우는 사람은 사실 '부모'다.

'내 아이가 상처받을까 봐.'

'내 아이가 나를 원망할까 봐.'

'내 아이의 미래가 흔들릴까 봐.'

이 죄책감은 이혼이라는 단어에 그림자처럼 따라붙는 감정이다.

어떤 날은 아이가 평범하게 잘 지내는 모습만 보아도

눈물이 나려 한다.

이런 상황을 견디고 있다는 것 자체가

'얼마나 강한 아이인가' 생각하면

고마움과 미안함이 동시에 밀려온다.

이혼 후의 사소한 장면들

혼자 아이를 씻길 때,

아이와 단둘이 밥을 먹을 때,

밤에 아이가 무심코 기대오는 순간

이 모든 장면이

'내가 이 선택으로 아이에게 상처를 준 건 아닐까'라는

자책을 되살린다.

자기 자신이 스스로 무너져 내리는 순간

이혼이 새로운 시작이라는 말은 맞다.

하지만 그 시작은

정말이지 '희망'이라는 단어를 붙이기엔 너무 아프다.

관계가 끝난 뒤에는

사람이 본래 가지고 있던 자존감의 층이

가루처럼 흩어지는 것 같은 느낌이 든다.

'나는 왜 이런 선택을 해야 했을까?'

'내가 더 잘할 수는 없었나?'

'내가 포기한 건 아닐까?'

'내가 실패한 걸까?'

이런 생각은 결코 입 밖으로 나오지 않지만

속에서는 수백 번 돌아다니며

사람을 무너뜨린다.

어떤 날은 강해진 기분이 들다가도

작은 자극 하나에 완전히 주저앉는 순간이 찾아온다.

스스로 무너지는 모습이 너무 싫어

다시 마음을 다잡으려고 애쓰지만

그조차 쉽지 않다.

그래도 겉으로는 절대 드러내지 않는다.

사람들은 생각보다 훨씬 단단한 척하는 법을

결혼 생활 동안 이미 배우게 된다.

그래서 사람들 앞에서는 태연한 얼굴을 하며

"이제 괜찮아졌어"라고 말한다.

하지만 집으로 돌아오는 길

주머니 속 손이 떨리고 목 끝까지 차오르는 울음을

겨우 삼키며 버티는 날이 있다.

두려움 속에서도 마음을 다잡는 이유

그런데도 사람이 이 혼란을 견디는 이유가 있다.

그건 살아온 시간 동안 가장 소중하게 깨달은 것

나를 지키는 일,

내 아이의 삶을 지키는 일,

이 두 가지가 결국 내가 해야 할 가장 중요한 일이라는 사실.

이 두 가지가 마음속 중심을 잡아준다.

이혼이라는 세계는 누구에게도 쉬운 선택이 아니다.

그러나 많은 사람들이 그 선택 앞에서 가장 먼저 떠올리는 건

'내 아이는 어떤 삶을 살아갈까?'

'내가 어떤 삶을 살아야 아이에게 좋은 영향을 줄 수 있을까?'

이 질문이다.

그래서 이혼을 경험한 사람들은

또 다른 감정을 함께 가진다.

무너지고, 아프고, 부끄럽고, 떨리고, 죄책감에 짓눌리지만

그럼에도 불구하고

언젠가 이 과정을 지나 더 나은 삶으로 나아갈 수 있다는

아주 조용한 믿음.

그 믿음이 희미해 보일 때는

다른 사람들의 회복된 모습을 보며 용기를 얻기도 한다.

'저 사람도 이겨냈는데 나도 언젠가는 괜찮아지겠지.'

하지만 그런 장면들 뒤에 서 있는 자신의 그림자를 보면

또다시 마음이 무너진다.

용기를 얻고도 동시에 철저하게 고립된 기분이 든다.

이혼의 사회는 이렇게 용기와 절망,

단단함과 무너짐이 하루에도 수십 번 교차하는 세계다.

누군가를 위해, 그리고 나 자신을 위해

결국 그 세계로 들어섰다는 사실만이

사람을 다시 일으켜 세우는 최소한의 힘이 된다.

그리고 어느 날,

모든 감정을 지나온 사람은

이혼이 삶의 끝이 아니라는 것을 천천히 이해한다.

그 과정이 너무 고되고,

너무 깊은 상처를 남기고,

너무 많은 눈물을 요구하지만

결국은 나를 다시 세우기 위해 필요한 통과의례라는 것을.

이혼이라는 선택이

나와 아이의 행복을 지키기 위한 용기였음을

비로소 인정하게 되는 순간이 찾아온다.

그제야 무너졌었던 세계 속에서

조금씩, 정말 천천히 새로운 나를 세우기 시작한다.

차가워 보이지만
그 안에 따뜻함이 존재하는 이혼의 사회

이혼이라는 단어는 세상에서 가장 차갑게 들리는 말 중 하나다.

누군가 이혼을 했다는 이야기를 들으면

사람들은 순간적으로 안쓰러움, 불편함,

부담스러운 연민을 동시에 떠올린다.

그 반응에는 따뜻함보다도

말을 아끼려는 조심스러움,

어떻게 반응해야 할지 모르는 어색함,

그리고 이혼을 겪은 사람이 느낄

상처를 더 깊게 건드릴까 두려운 마음이 섞여 있다.

그래서 이혼을 겪은 사람은

처음에는 세상 전체가 자신을 향해

조금은 불편한 시선으로 바라보는 것 같아

몸을 잔뜩 움츠리며 살아가게 된다.

세상 밖으로 나가면

모든 표정과 질문이 자신을 향해 있는 것 같고,

아무도 묻지 않았는데도

스스로 변명하고 싶어지고,

괜히 잘못한 사람처럼 어깨가 무거워진다.

이혼 후 가장 먼저 마주하는 건

사람들이 보내는 침묵이다.

그 침묵 속에는 위로하고 싶은 마음도,

함부로 건드릴까 두려운 마음도,

호기심도,

불편함도,

그리고 말하지 못하는 감정들이 뒤섞여 있다.

하지만 당사자는 그 침묵조차

세상이 자신에게서 멀어지는 신호처럼 느껴진다.

친한 친구조차

괜히 "무슨 일이 있었어?"라고 묻지 못하고

조금은 조심스러운 표정을 짓는다.

가까운 가족들도 함부로 말하지 못하고

눈치만 살핀다.

직장 동료는 이혼 사실을 알고 있어도

아무 일 없었던 것처럼 행동하려고 애쓴다.

사람들의 이 어색한 다정함 속에서

당사자는 점점 고립되는 기분을 느낀다.

'이혼은 실패야.'

'어쨌든 불행한 결말 아니야?'

'무슨 일이 있었길래….'
입 밖으로 나오지 않았지만
사람들의 표정 사이를 흐르는
그 말하지 않은 언어들 때문에
이혼이라는 사회는 처음에는 유난히 차갑게 다가온다.

그러나 차가워 보이는 이 사회에는 숨겨진 온기가 있다

그런데 살아가다 보면 이 차가워 보이던 세계에서
의외의 따뜻함이 피어나는 순간들을 만난다.
어느 날,
평소와 다름없이 아이를 등원시키고 돌아오는 길에
우연히 만난 이웃이 조용한 목소리로 말한다.
"힘들죠? …괜찮아요. 생각보다 많은 사람들이 그 과정을 겪어요."
그 말은 어떤 위대한 조언도,
감동적인 위로도 아니다.
하지만 겪어본 사람만이 알 수 있는
특유의 부드러운 울림이 있다.
말수가 적고 담담하지만
그 말 속에는 본인도 한때 무너졌던 기억,
그리고 다시 일어서기까지의 아픈 여정이 녹아 있다.
이혼을 겪어본 사람과 마주할 때,

눈빛은 말보다 먼저 위로를 건넨다.

말하지 않아도 통한다는 말이

정말로 실감 나는 순간이다.

같은 경험을 가진 사람들은

특별히 친하지 않아도,

자세한 이야기를 나눌 필요가 없어도,

단 한 문장으로 서로의 상처를 알아본다.

"저도 겪어봤어요."

이 단 한 마디는

누구보다도 깊은 치유가 된다.

왜냐하면 그 말은

누구도 평가하지 않고,

책임을 묻지 않고,

억지로 희망을 강요하지 않고,

그저 '당신이 어떤 감정인지 안다'는

지극히 인간적인 연대의 표현이기 때문이다.

그래서 이혼이라는 사회는

처음엔 냉혹하고 차갑게 보이지만

실제로 그 안에서 만나는 사람들은

대개 마음이 더 부드럽고 더 깊다.

왜냐하면

그들은 상처를 겪어봤고

누구보다 더 조심스러워졌기 때문이다.

상처를 겪은 사람들만이 가진 특별한 온도

이혼을 겪은 사람들은
자연스럽게 더 섬세해지고
누군가의 슬픔이나 고민을 가볍게 다루지 않게 된다.
누군가 "힘들다"라고 말하면
섣불리 조언하려 하지 않고
먼저 그 사람이 어떤 감정인지
조심스럽게 들어주려 한다.
그건 그들이
'말하지 않아도 아프다'는 걸
이미 알고 있기 때문이다.
또한 이혼이라는 사회는
사람들에게 묘한 동료애를 만든다.
예를 들어,
혼자 아이를 키우는 부모끼리는
서로의 하루가 얼마나 무거운지
눈빛만 봐도 알 수 있다.
공원에서 아이를 보며 한숨 섞인 미소를 짓는 사람,
장보기 가방 한 손, 아이 손 한 손을 잡고

버스에 올라타는 사람,

유치원 상담 뒤 혼자 걸음을 옮기는 사람…

그들의 표정 속에는

피곤함 속에서도 버티는 강인함과

고된 일상 속에서 아이를 지키려는 마음이 담겨 있다.

그러다 문득 그들의 모습이 나와 비슷하다는 것을

깨닫는 순간 이혼의 사회가

나만의 세계가 아니라

많은 사람들이 지나가는

하나의 길이라는 것을 실감한다.

그런 동질감은 누군가를 비난하거나

원망하는 감정이 아니라

서로의 삶을 조용히 인정하고

살아냄을 응원하는 마음에서 출발한다.

이 혼합된 온도의 감정은

겪어보지 않은 사람은 절대 알 수 없다.

가장 뜻밖의 온기는 아주 사소한 장면에서 찾아온다

상담 기관에서 같은 시간을 기다리는 누군가,

아이 하원 시간에 마주친 어떤 부모,

혼자 장을 보는 사람이

갑자기 서서 울 것 같은 얼굴을 하고 있을 때

그 장면은 나의 과거가 떠오르는 듯해

가슴이 시큰해지기도 한다.

그리고 이런 순간도 있다.

마트 계산대 앞에서

혼자 두 아이를 챙기느라 정신없는 누군가를 보면

나도 모르게 장바구니에 물건을 담아주고 싶고,

아이에게 작은 간식을 건네고 싶고,

모르는 사람에게조차

"힘내세요"라고 말하고 싶어진다.

그건 불쌍해서도, 감정이 과해서도 아니라

내가 그 고통이 어떤 모양인지 알기 때문에

자연스럽게 손이 간 것이다.

이혼의 사회는 차갑게 보이지만

실제로 그 안에서 살다 보면

가장 인간적인 따뜻함을 더 자주 마주하게 된다.

상처를 한 번 깊게 겪어본 사람들은

다른 사람의 상처를 지나치지 못한다.

차가운 세계 속에서

서로의 등을 조용히 떠밀어 주는

보이지 않는 연대가 있다.

이혼의 사회 안에서 배우는 사람의 진짜 온도

이혼을 경험하면 삶의 많은 부분이 재정의된다.
친구 중 누가 진짜 내 편인지
조용히 드러나고,
아무 말 없이 곁을 지켜주는 사람들이
얼마나 소중한 존재인지 알게 되고,
멀어졌던 가족의 손길이
얼마나 큰 위로가 되는지 깨닫는다.
무엇보다 이혼은 자신을 다시 보게 한다.
'나는 왜 이렇게 쉽게 무너지는가?'라고
자책하기도 하고,
'나는 왜 이렇게 강해져 있는가?'라고
스스로 놀라기도 한다.
상처 속에서
나는 더 이상 함부로 판단하지 않게 되었고
사람의 말 뒤에 숨어 있는
숨결 같은 감정들을 들을 수 있게 되었다.
누군가 울음을 참는 모습,
누군가 억지로 웃으며 버티는 얼굴,
누군가 말없이 고개를 끄덕이는 순간들이
모두 이전보다 더 깊게 느껴진다.

이혼의 사회는 초기에 느껴지는 고립과 차가움 뒤에
생각보다 훨씬 많은 따뜻함이 숨어 있다.
외로움 속에서도 사람들이 서로를 놓지 않는 이유는
그 세계 안에 말하지 않아도 전해지는
진짜 위로가 있기 때문이다.

차가운 세계 속에 묻혀 있던 따뜻함을 발견하는 순간

어느 날 불현듯 깨닫게 된다.
이혼의 사회는
남이 보기엔 실패의 세계처럼 보이지만
정작 그 안에 있는 사람들에게는
마음을 다시 모으고
타인을 더 진심으로 이해하게 만드는
성장의 세계라는 것을.
차가운 세계 속에서
비로소 따뜻함을 구분할 수 있게 되고,
고립된 시간 동안
비슷한 상처를 가진 사람들과
말하지 않아도 알 수 있는 유대를 갖게 되고,
그 경험이
다른 사회에서 만날 사람들을

더 깊게 품을 수 있는 힘을 준다는 것을.

그래서 이혼의 사회는

끝이 아니라

더 단단한 인간으로 성장하게 만드는

또 하나의 작은 사회다.

차가워 보이지만

그 안에는 놀라울 만큼 많은 온기가 있다.

그 온기는 상처를 겪어본 사람만이

진짜로 이해하고 건넬 수 있는

조용한 위로의 형태로 존재한다.

그래서 이 사회는 처음엔 무너지는 세계처럼 보이지만

결국은 다시 일어서는 법을 알려주는 세계다.

혼자 살아가는 법을 다시 배우는 과정

이혼이라는 큰 결정을 지나오면,
사람은 자연스럽게
'혼자 살아가는 법'을 다시 배워야 한다고 생각한다.
하지만 시간이 지나면 깨닫게 된다.
혼자 살아가는 법을 배우는 것은 곧
나의 새로운 가족인 아이와 함께 살아가는 법을
다시 배우는 과정이라는 것을.
이전의 삶이 산산조각 난 듯 보이지만
사실 완전히 무너진 것도,
완전히 사라진 것도 아니다.
과거의 행복했던 순간들,
아이와 함께 나누었던 웃음과 기억,
내가 지켜온 삶의 방식과 따뜻함들은
그대로 남아 있다.
다만, 그것을 다시 배치하고
새로운 틀 속에 옮겨놓아야 하는 시간일 뿐이다.

혼자라는 말의 오해, 사실은 아이와 함께 다시 배우는 시간

이혼 이후 가장 먼저 배우는 것은
정말 '혼자'가 무엇인지에 대한 새로운 정의다.
누군가는 이혼하면 혼자가 된다고 말하지만
아이와 함께 사는 사람에게
혼자는 절대로 혼자가 아니다.
혼자 밥을 차려도
작은 발소리가 집 안에서 톡톡 울리고,
혼자 잠을 자려고 누워도
옆방에서 잠든 아이의 숨결이 희미하게 들린다.
출근길 아이가 건네는 손 인사,
하교할 때 얼굴 가득 웃으며 달려오는 모습,
잘 때 옆에서 웅크리고 자는 작은 몸동작까지.
이 모든 것이
'나는 혼자가 아니다'라는 사실을
매 순간 알려준다.
하지만 그럼에도 불구하고
이전과는 과정이 많이 다르다.
단지 부부라는 형태가 사라졌을 뿐,
가족이라는 본질은 여전히 살아 있고
오히려 더 단단해지기도 한다.

아이와 둘만의 삶은

희미한 불안 위에 시작되지만

그 안에는 부모와 아이가 서로에게

새로운 의미를 만들어 가는 과정이 있다.

아이가 나를 의지하고 나는 아이를 지키면서

두 사람의 삶은 이전보다 더 가까워지고

더 깊어지기도 한다.

이전에는 당연했던

저녁 시간의 소소한 대화,

간식 하나를 나누며 웃던 시간,

잠들기 전 읽어주던 책 한 장이

더 이상 아무렇지 않은 시간이 아니라

서로에게 힘이 되는 순간으로 바뀌어 간다.

이혼이라는 사회에서

사람이 성장하는 이유는 바로 이것이다.

잃어버린 것이 많은 세계 속에서도

하나의 사랑이 또 다른 사랑으로 중심을 잡아주는 순간들을

발견하게 되기 때문이다.

다시 나답게 살아가는 법을 배우는 시작

처음에는 모든 게 무너진 것 같지만

시간이 지날수록 느끼게 된다.

'내 삶이 송두리째 사라진 것이 아니구나.'

나는 여전히 나다.

내가 좋아하던 음악도 그대로이고,

내가 웃던 방식도 그대로이며,

아이를 사랑하는 마음은 오히려 더 깊어지고,

일을 대하는 태도도 변함없다.

이혼했다고 해서 나다운 모습이 사라지는 것은 아니다.

다만 흔들림이 있었고

그 흔들림을 지나오는 과정에서

사람은 더 단단해질 뿐이다.

흔히 이혼 후에는

사람들이 나를 다른 시선으로 보지 않을까 걱정한다.

하지만 시간이 흐르며 깨닫게 되는 사실은

사람들의 시선은 우리가 생각하던 것만큼 차갑지 않다는 것이다.

생각보다 많은 사람들이 조심스럽게 응원해 주고

생각보다 많은 사람들이 "그 선택을 존중한다"고 말해주며

생각보다 많은 사람들이 내 삶을 실패로 보지 않는다.

친구들은 말한다.

"그만큼 힘든 과정을 지나왔으니 더 따뜻해진 거야."

"네가 어떤 마음으로 선택했는지 아니까 나는 너를 더 존중해."

이혼이라는 단어를 듣고

곁을 떠나는 사람도 있을 거라 생각했지만

정작 사라지는 사람보다

오히려 손을 잡아주는 사람들이 더 많다.

이 사회는 우리가 생각하는 것보다 훨씬 따뜻하다.

타인의 회복에서 얻는 용기,
행복해진 사람들을 보며 다시 살아갈 힘이 생긴다

이혼이라는 사회에서 사람들이 느끼는 가장 큰 힘은

먼저 이겨낸 사람들의 존재다.

SNS에서, 주변에서,

혹은 아주 우연히 마주친 사람 중

이혼 후에 더 밝아진 얼굴을 가진 사람,

다시 사랑을 만나 행복한 사람,

아이와 함께 따뜻한 삶을 꾸려가는 사람들을 보면

이상할 만큼 가슴 깊은 곳에서

안도와 희망이 동시에 올라온다.

'아… 나도 저렇게 될 수 있겠구나.'

'저 사람처럼 다시 웃을 수 있겠구나.'

'삶이 끝난 게 아니라 다른 모양으로 이어지는 거구나.'

이 깨달음은 누군가가 거창하게 위로해서 생기는 것이 아니라

비슷한 길을 걸어간 누군가의 변화된 표정에서

자연스럽게 전달되는 용기다.

그들의 존재 자체가 하나의 큰 따뜻함이다.

그리고 어느 순간 나도 누군가에게

그 따뜻함이 될 수 있다는 사실을 깨닫게 된다.

내가 겪은 고통이 누군가에게 위로가 될 수 있다는 새로운 경험

이혼이라는 사회를 지나면

사람은 자신도 모르게

다른 사람에게 더욱 조심스럽고

더 포근해진 눈길을 보내게 된다.

비슷한 상처를 가진 사람을 만나면

그 사람의 말을 중간에 끊지 않고

천천히 들어주고 싶어진다.

누군가 울먹이며 이야기를 털어놓으면

속으로 같이 울컥해지고,

누군가 고통을 감추며 웃고 있다면

그 웃음 뒤의 마음을 본능적으로 알아차리게 된다.

왜냐하면 내가 그 시간을 지나왔기 때문이다.

말하지 않아도

얼마나 아픈지,

얼마나 외로운지,

얼마나 무서운지
몸으로 겪었기 때문이다.
그래서 이혼은 말도 안 되는 상처 같아 보이지만
누군가를 감싸줄 수 있는 따뜻함의 근원으로 남는다.
어느 순간 나는 누군가에게 이렇게 말할 수 있게 된다.
"나도 그랬어. 근데 정말 괜찮아질 수 있어."
이 말은 결코 가벼운 위로나 형식적인 말이 아니다.
내가 겪은 고통과 밤의 눈물,
흔들리고 무너졌던 시간들,
아이를 지키기 위해 버텼던 모든 순간들에서
하나하나 길어낸 진짜 말이다.
이런 마음이 생긴다는 건 이혼이라는 사회에서
내가 얼마나 단단해졌는지를 보여준다.

이혼의 사회에서 성장한 나를 발견하는 순간

처음엔 무너졌고 두렵고
고립되어 있었고
세상의 중심에서 벗어난 것 같았던 나.
하지만
혼자 살아가는 법을 다시 배우고,
아이와 함께 웃는 법을 되찾고,

사람들의 따뜻한 시선을 느끼며,

다시 살아가는 용기를 얻고,

누군가에게 위로를 전할 수 있게 되는 순간들 속에서

나는 점점 달라진다.

내일이 두렵기만 했던 사람이

이제는 내일이 조금 궁금해지고

아이의 미래가 선명하게 그려지고

내 삶이 어느 방향으로 흐를지

스스로 선택할 수 있는 힘이 생긴다.

그리고 어느 날,

아주 조용한 순간에 깨닫는다.

이혼이라는 사회는

나를 무너뜨린 사회가 아니라

나를 키운 사회였구나.

나를 약하게 만든 사회가 아니라

나를 더 따뜻한 사람으로 만든 사회였구나.

나를 외롭게 만든 사회가 아니라

누군가를 품어줄 수 있는 사람이 되도록 만들어 준 사회였구나.

그래서 이 사회를 지나온 나는

더 단단하고

더 섬세하고

더 다정한 사람으로 성장한다.

상처가 나를 만든 것이 아니라

그 상처를 지나며

내가 선택한 삶의 방식이

나를 성장시킨 것이다.

이혼이라는 사회는

절대 차갑기만 한 곳이 아니다.

그 안에는 아이와 함께 다시 피어나는 웃음,

새로운 인연에서 배우는 사랑,

다시 스스로를 세우는 힘,

그리고 나 같은 사람을 위해

조용히 응원해 주는 많은 이들의 따뜻함이 있다.

그 세계를 지나온 나는 오늘도 아이의 손을 잡고

조용히, 그러나 단단하게 새로운 삶을 향해 걸음을 내디딘다.

이혼이라는 차가운 길 끝에서
발견한 따뜻함

이혼이라는 문 앞에서 서성이는 우리는,

세상이 차갑고 잔인할 것이라 먼저 두려워한다.

'내 이야기를 알게 되면 사람들이 나를 불편해할까?'

'엄마 아빠는 얼마나 마음이 아플까?'

'아이에게 상처가 되지 않을까?'

그 걱정들이 마음을 짓누른다.

하지만 우리가 길을 조금씩 걸어보니

뜻밖의 사실을 알게 된다.

생각보다 세상은, 그리고 우리 사회는…

우리가 상상한 것보다

훨씬, 훨씬 더 따뜻했다.

누군가는 조심스러운 눈빛으로 안부를 묻고,

누군가는 "힘들었겠다"는 말 한마디로 마음을 감싸준다.

심지어 지나가다 스쳐 만난 사람의 짧은 미소조차

우리를 다시 일으켜 세우는 순간이 된다.

우리가 스스로를 가장 차갑다고 여긴 그 시간 속에서도

세상은 여전히 부드러운 결로 우리를 품고 있었고,

그 온기는 우리가 상상했던 것보다 크게 다가왔다.

이혼의 사회를 지나오며 우리는 깨닫는다.

우리가 혼자라고 생각했지만,

사실은 그렇지 않았다는 것을.

사람들은 생각보다 따뜻했고,

사회는 생각보다 포용적이었으며,

우리의 상처를 향해 손을 내밀어 주는 이들은

생각보다 훨씬 많았다.

그래서 말해주고 싶다.

당신이 두려워하는 만큼 세상은 차갑지 않다.

우리 사회는 당신이 생각하는 것보다 훨씬 더 따뜻하다.

그 온기 속에서 우리는 다시 살아갈 힘을 얻고,

위로를 받으며,

언젠가 누군가에게 그 따뜻함을 건넬 수 있는

사람으로 성장한다.

우리는 그렇게 서로의 삶을

조용히, 그러나 깊게

따뜻하게 덮어주는 존재가 되어간다.

5장

상실의 사회

가족의 죽음이 남긴
멈춰버린 시간

떠남의 순간,
마음속 시간이 멈추다

부모님과 자식을 먼저 떠나보낸 상실의 사회

부모님을 떠나보내는 일,

혹은 자식을 먼저 떠나보내는 일은

인간이 견딜 수 있는 감정의 가장 끝 지점에 놓여 있는 경험이다.

사람은 누구나 언젠가는 이별을 맞이한다고 배워왔지만

그 준비라는 것은 결국

막막함을 조금씩 미루고 있을 뿐이었다는 사실을

그 순간에야 비로소 깨닫게 된다.

부모님의 죽음은

우리 삶의 가장 깊은 뿌리가 뽑혀나가는 경험이고,

자식의 죽음은

숨을 쉬고 살아가는 이유 자체가 무너지는 경험이다.

그 둘 중 어느 것도

언어로는 정확히 표현할 수 없고

살면서 단 한 번도 겪어보지 않은

낯설고 무서울 만큼 깊은 슬픔의 영역이다.

삶을 떠받치던 기둥이 사라지는 순간

부모님은 우리가 태어난 순간부터
한 번도 인식하지 못했지만
늘 뒤에서 우리 삶을 받쳐주던 기둥 같은 존재였다.
멀리 있어도, 대화를 자주 나누지 않아도,
그 존재만으로 세상에 대한 두려움이 완전히 사라지지는 않더라도
살아갈 용기를 만들어 주는 사람.
그런데 어느 날,
그 기둥이 갑자기 사라진다.
깨닫는 순간, 몸에서 힘이 빠지고
세상의 균형이 틀어진다.
발밑이 푹 꺼지는 듯한 느낌,
시간이 돌처럼 굳어버린 듯한 순간.
그 순간부터 사람의 마음은
더 이상 제대로 움직이지 않는다.
자식을 먼저 떠나보낸 부모 역시
비슷한 감정을 겪는다.
아니, 그보다 더 절망적이다.
자식의 죽음은

내 심장 일부가 잘려나간 것과 같다.

살아 있지만 사는 것 같지 않고,

숨을 쉬지만 숨이 아닌 것 같고,

밥을 먹지만 맛도, 의미도 없다.

세상과 나 사이의 벽이

하루아침에 10미터는 더 높아진 느낌.

'이렇게 아픈데 어떻게 살아남은 사람들이 있었을까?'

그 질문이 하루 종일 머릿속을 떠나지 않는다.

남들의 위로는 위로가 되지 않는다

누군가는 말한다.

"시간이 지나면 괜찮아질 거예요."

"힘내요."

"좋은 곳에서 편히 쉬고 있을 거예요."

어떤 말도 악의는 없다.

하지만 상실의 한가운데에 있는 사람에게

이 말들은 칼끝처럼 마음에 스며든다.

사람은 이렇게 말하고 싶어진다.

"괜찮아지지 않아요."

"힘낼 힘이 없어요."

"좋은 곳에 있다는 말도 지금은 듣고 싶지 않아요."

누군가 대화를 걸어오면 대답하려고 입을 열다가도

목구멍이 꽉 틀어막혀 말이 나오지 않는다.

말하지 않으면 덜 아플 줄 알았는데

말하지 않아도 아프다.

혼자 있을 때는 눈물이 마른다.

울음이 나다가도 왈칵, 숨처럼 끊겨버리고

더는 눈물조차 나오지 않는다.

마음이 너무 아프면

슬픔이 아니라 무기력이 된다.

"울 힘도 없다"는 말이

이렇게 진짜인 순간이 또 있을까?

어떤 날은 스스로가 무섭다.

'이렇게까지 아무 감정이 느껴지지 않아도 되는 걸까?'

'내가 이토록 무너질 수 있는 사람이었나?'

'그리고 이 감정이 다시 돌아올 수나 있을까?'

현실과 비현실이 뒤섞이는 시간

장례식장에서는 모든 것이 비현실적으로 보인다.

사람들이 애도하는 말,

음식을 내놓는 손길,

조문 온 친구들의 표정,

어색하게 건네지는 위로.

장례식이 끝난 뒤 문을 나서는 순간,

누군가는 직장으로 돌아가고,

누군가는 집으로 돌아가고,

누군가는 일상으로 돌아간다.

그 모든 움직임이

아주 잔혹하게 느껴진다.

'어떻게 이들은 이렇게 금방 일상으로 돌아갈 수 있을까?'

'왜 세상은 멈춰주지 않는 걸까?'

그런데 아이러니하게도

세상이 계속 돌아가고 있다는 사실이

상실의 세계에 갇힌 사람에게는

더 깊은 외로움으로 느껴진다.

나만 멈춰 서 있다는 느낌,

나만 고여 있다는 느낌.

마음속 시계는 정지했는데

세상의 시계는 계속 움직인다.

그 간극이 상실의 사회를 더욱 고통스럽게 만든다.

내 삶이 송두리째 사라진 것 같은 순간

부모님을 잃은 사람은

자신의 뿌리를 잃은 느낌을 받는다.

자식을 잃은 사람은

자신의 미래를 잃은 느낌을 받는다.

뿌리도 없고, 미래도 없는 시간 속에서

현재는 모든 색을 잃어버린다.

밥을 먹어도 맛이 없고,

잠을 자도 쉰 것 같지 않고,

밖에 나가도 풍경은 희미하고,

사람들과 대화하면 소리가 멀리서 들리는 것 같고,

뭘 해도 의욕이 없다.

'살아갈 힘도, 의지도 없다.'

그저 우울함에서 나오는 탄식이 아니라 정말 현실이 된다.

나를 붙잡아 주던 모든 힘이 사라진 느낌,

세상에 혼자 던져진 것 같은 느낌.

이 감정은 남들이 상상할 수 없다.

겪어보기 전에는 알 수 없다.

그렇기 때문에 아무리 따뜻한 위로도

그 깊은 절망까지는 닿지 못한다.

그 와중에 깨닫는 존재, 배우자와 형제자매

그런데 상실의 어둠을 걷다 보면

한 가지 마음을 뒤흔드는 깨달음이 찾아온다.

내 절망을

가장 조용하게,

가장 깊게,

가장 가까이에서 받아주는 사람들이 있다.

바로 배우자,

그리고 형제자매들이다.

그들은 슬픔의 모양을 정확히 몰라도

슬픔의 무게를 함께 들어준다.

울지 못해 가슴만 들썩이는 나를

옆에서 아무 말 없이 안아주고

눈물도 말라버린 밤,

그저 옆에 있어준다.

그들은 말로 위로하려 하지 않는다.

그저 같이 있어준다.

이 단순한 행동이

상실의 세계에서는

세상 어떤 말보다 깊은 힘이 된다.

형제자매는

같은 부모님을 잃은 슬픔을

말하지 않아도 공유한다.

부모라는 뿌리를 함께 가지고 자라온 사람들이기에

그 상실의 결은 말하지 않아도 똑같다.

어떤 날은

형제가 불쑥 "오늘따라 더 보고 싶다"라고 말하면

그 말에 나도 모르게 눈물이 고인다.

그 슬픔은 나 하나만의 것이 아니라

우리 모두의 것이었음을 느끼는 순간.

그리고 배우자는

가족이 아닌 사람이

가족이 되어버린 존재다.

부모님을 잃은 절망 속에서

배우자가 보여주는 온기는

설명할 수 없을 만큼 큰 위로가 된다.

내가 무너질 때

그 사람이 그대로 나를 붙잡는다.

그 온기 하나가 상실의 세계에서

다시 호흡을 이어가게 하는 희미한 이유가 된다.

슬픔을 멈출 수도 없고, 계속할 힘도 없을 때

상실은 희미해졌다가

다시 강하게 밀려오기를 수십 번 반복한다.

어떤 날은 울다가 지쳐 쓰러질 것 같다가도

어떤 날은 울음이 나오지 않는다.

숨이 턱 막히는데 눈물이 나오지 않아 스스로가 더 무섭다.

'나 왜 이러지?'

'울고 싶은데 울 수 없어….'

'울음이 이렇게 사라질 수 있나?'

슬픔은 눈물만으로 표현되는 감정이 아니다.

슬픔이 너무 크면 사람은 울지 못한다.

감정이 멈춰버린 것처럼 느껴진다.

하지만 슬픔이 멈추지 않는다는 사실도

머릿속 어딘가에서 계속 소리 없이 울린다.

그 사이에서 사람은 천천히 제 감정을 배워간다.

견디고,

흡수하고,

버티고,

또 버틴다.

그 와중에도 삶은 아주 천천히,
정말 아주 천천히 다시 움직이기 시작한다

상실의 첫날은 절망이다.

첫 주는 혼란이다.

첫 달은 무기력이고,

첫해는 허무함이다.

그러나 그 모든 시간 속에서도

사람은 아주 작은 움직임으로

조금씩 살아간다.

아이를 깨워야 해서,

형제자매가 걱정할까 봐,

배우자가 나를 지켜보고 있어주어서,

아침이 오고, 밤이 가기 때문에,

사람은 아주 작은 힘으로라도 다시 일어선다.

그리고 어느 순간 깨닫는다.

나를 완전히 무너뜨린 줄 알았던 상실이

사실은 내 마음을 다시 빚고 있다는 사실을.

이 깨달음은 상실을 극복했다는 의미가 아니다.

상실은 극복되는 감정이 아니다.

그저 함께 살아가는 감정이 된다.

결국 상실의 사회도 하나의 작은 사회라는 사실

상실은 나만의 고통처럼 느껴지지만

그 고통을 공유하고 이해해 줄 사람들은

우리 가까이에 존재한다.

배우자, 형제자매, 그리고

비슷한 상실을 경험한 사람들이 그렇다.

그들은 말하지 않아도 아는 사람들이다.

그들이 있다는 사실만으로

상실의 세계는 완전한 어둠이 아니다.

그 사람들 덕분에

우리는 다시 숨을 쉬고

다시 밥을 먹고

다시 걸음을 내디디고

다시 하루를 살아간다.

상실의 사회는 차갑고 스산해 보이지만

그 안에는

같은 어둠을 지나온 사람들의

조용하고도 따뜻한 연대가 있다.

그 온기가 우리를 다시 살아가게 만든다.

"괜찮아졌어?"라는 질문이
더 아프게 다가오는 이유

장례가 끝나고, 검은 옷을 옷장 깊숙이 밀어 넣고,

조문객들이 하나둘 돌아간 뒤에야

우리는 비로소 상실의 사회 한가운데에 서 있다는 걸

실감하게 된다.

정작 가장 힘든 시간은

울음이 터져 나오던 장례식장이 아니라,

모든 의식이 끝난 그다음 날부터 시작된다.

"괜찮아?"라는 말이 고맙지만,

마음에는 닿지 않을 때가 있다

장례가 끝난 뒤 며칠 동안,

핸드폰 알림창에는 이런 메시지들이 쌓였다.

"연락 못 해서 미안해. 괜찮아?"

"힘들지… 조금 지나면 나아질 거야."

"마음 많이 아프겠다. 힘내."

메시지를 읽을 때마다 가슴 한쪽이 조금씩 흔들렸다.

그 사람들이 나를 걱정해 주고 있다는 건 분명 느껴졌다.

정말로, 그 마음 자체는 고마웠다.

그런데… 그럼에도 불구하고

이 말들이

내 깊은 곳까지 내려가 위로가 되어주지는 못한다는 것도

동시에 느껴졌다.

괜찮으냐고 묻는데,

괜찮다고 말할 수도 없고,

괜찮지 않다고 솔직히 말할 수도 없었다.

괜찮다고 말하는 순간,

마치 떠나간 사람을 너무 빨리 정리해 버리는 것 같아서

죄책감이 밀려오고,

괜찮지 않다고 말하는 순간,

상대가 감당해야 할 어색함과 부담이 떠올라

입이 떨어지지 않았다.

그래서 결국 대답은 늘 비슷했다.

"응, 괜찮아. 고마워."

이 말 안에는 정작 아무것도 담지 못했다.

위로를 보내는 사람은 조심스럽게 마음을 건넸지만,

그 위로는 내 안에서 어디에도 앉을 자리를 찾지 못한 채

공중에 둥둥 떠 있는 느낌이었다.

겪어보지 않은 사람의 위로가 이상하게 가볍게 느껴질 때

상대가 나를 걱정해 준다는 건 알았다.

"힘내"라고 말할 때,

그 말이 얼마나 어렵게 나온 말인지도 알았다.

뭐라고 말해줘야 할지 몰라

몇 번이나 메시지를 지웠다 썼다 했으리라는 것도

머리로는 충분히 짐작할 수 있었다.

그런데도, 마음은 이렇게 말하고 있었다.

'미안하지만 그 상냥한 말들이, 지금의 나에게는 너무 멀다.'

"힘들겠다"라는 말이 정말 깊이 공감해서 나온 말이 아니라,

이럴 땐 이렇게 말해줘야 할 것 같아서 나온 말처럼

들릴 때가 있었다.

물론 그게 잘못된 건 아니다.

그 사람들은 진심으로 해줄 수 있는

최선을 다해 위로하고 있는 거니까.

그럼에도 불구하고

겪어보지 않은 사람에게는

도저히 설명할 수 없는 감정의 층이 존재한다는 사실을

우리는 상실의 한가운데서 깊게 깨닫게 된다.

나는 아직도 아침에 눈을 뜨면

잠깐 동안 그 사람이 살아 있을 것 같은 착각에 빠졌다가,

다시 현실을 기억해 내며 속으로 천천히 무너지는 사람인데,

어떤 사람들은 며칠 만에 다 끝난 일처럼

"조금 괜찮아졌지?"라고 묻는다.

시간이 지났다는 이유로

내 슬픔도 함께 줄어들었을 거라 짐작하는

그 질문 앞에서 가슴이 살짝 찢어지는 기분이 들었다.

괜찮아졌느냐고 물어보지만,

사실 나는 아직 괜찮다는 상태가 어떤 건지 알 수 없다.

"괜찮아졌어?"라는 질문이 더 아프게 느껴지는 이유

어느 정도 시간이 흐른 뒤엔

사람들이 이렇게 묻기 시작한다.

"조금은 괜찮아졌지?"

"이제는 좀 나아졌지?"

겉으로 볼 때

나는 일상으로 돌아온 것처럼 보였을 것이다.

다시 출근을 하고,

일을 하고,

밥을 만들고,

아이를 등하원시키고,

평소처럼 대화를 나누고 있으니까.

하지만 겉으로의 일상 회복과

마음속 회복은 전혀 다른 문제였다.

"괜찮아졌어?"라는 질문은

마치 슬픔에 기한이 있는 것처럼 느끼게 했다.

이 정도 시간이 지났으면

이제는 어느 정도 덜 아파야 하는 것이

정상인 것처럼,

내 슬픔에도 '기대되는 속도'가 있는 것처럼 느껴졌다.

그래서 이 질문을 들을 때마다

마음 한쪽에서 이상한 죄책감이 고개를 들었다.

'이 정도 시간이 지났는데도 나는 아직 이 정도로 아프구나.'

'내가 너무 오래 붙들고 있는 걸까?'

'내가 유난스러운 걸까?'

슬픔에 충분한 시간을 주지 못하는 세상 속에서

"괜찮아졌어?"라는 질문은

위로가 아니라

마음에 조용한 압박으로 밀려올 때가 많았다.

눈물이 나다가, 어느 날 말라버리는 순간

상실 직후에는 눈물만 났다.

허공만 봐도, 문득 떠난 사람의 말투가 떠올라도,

길을 걷다 같은 향기를 맡아도

그 자리에서 눈물이 쏟아졌다.

그런데 얼마 후부터는 눈물조차 나오지 않았다.

분명 마음은 여전히 아픈데,

울 수가 없었다.

감정이 너무 깊은 층까지 내려가 버리면

눈물이라는 형태로도 나오지 않는다는 걸

그때 처음 알았다.

'내가 이렇게까지 무너져 있는데, 왜 울 수도 없을까?'

자신이 너무 메말라 버린 사람처럼 느껴져

그 사실마저 슬펐다.

마음속에서는 폭풍처럼 감정이 돌고 있는데

겉으로는 평온한 얼굴을 하고 있는

자신이 낯설게 느껴졌다.

더 슬퍼할 힘도,

더 울 힘도 없어진 상태.

하지만 슬픔은 멈추지 않는 상태.

그 중간 어딘가에서 우리는 버티고 있었다.

공허함이 커지면서 알게 되는 것들

남들의 위로가 위로로 잘 와닿지 않고,

눈물도 점점 말라갈수록 내 안의 공허함은 커졌다.

누군가에게 기대고 싶었지만 막상 기대려 하면

'이 감정을 어떻게 설명해야 하지?'라는 생각이 먼저 들었다.

아무리 자세히 설명해도 겪어보지 않은 사람에게는

결국 '이해할 수 없는 영역'이 있을 것이라는 걸

이미 알고 있었기 때문이다.

그래서 나는 점점 말을 줄였다.

"응, 그냥 그래."

"그럭저럭 지내."

"살아는 있지, 뭐."

이런 말들로 내 마음을 얼버무리기 시작했다.

하지만 그럴수록 마음속 깊은 곳에

고립감이 더 크게 자리 잡았다.

'나는 이 감정을 도대체 누구와 나눌 수 있을까?'

비슷한 상실을 겪은 사람을 만난 날

그러던 어느 날, 우연처럼,

그러나 지금 돌아보면

필연처럼 느껴지는 만남이 있었다.

비슷한 시기에 부모님을 떠나보낸 사람,

혹은 자식을 먼저 떠나보낸 사람이

조용히 내 옆에 서 있었다.

그 사람은 먼저 묻지 않았다.

억지로 위로하려 하지도 않았다.

그저 잠깐 망설이다가 조용히 이렇게 말했다.

"나도… 겪어봤어."

그 한마디가

심장 깊숙한 곳에 스르르 스며들었다.

자세한 설명도,

큰 이야기들도 필요 없었다.

그 말 안에는

장례식장에서 버티고 있던 그 긴 시간과,

사람들이 돌아간 뒤 집에 돌아와 마주한 첫 밤과,

사진 속 얼굴을 다시는 만질 수 없다는 절망과,

잠에서 깼을 때 그 사람이 있다는 착각과

곧 이어지는 현실 인식의 통증까지,

온갖 겹겹의 감정들이

압축된 채로 들어 있었다.

나는 그 말이 너무 크게 들려서

잠시 아무 말도 할 수 없었다.

그리고 아주 천천히,

이런 말이 입 밖으로 나왔다.

"…그렇구나."

짧은 말이었지만

그 안에는

'정말 고맙다.'

'이제야 조금 덜 외롭다.'

'나만 이런 게 아니었구나'라는

수많은 감정이 숨어 있었다.

같은 상실을 겪은 사람의 위로는 다르게 다가온다

비슷한 상실을 겪은 사람과 나누는 대화는 형식이 없다.

완벽한 문장도,

조언도,

큰 교훈도 등장하지 않는다.

그 사람은

나에게 이렇게 말하지 않았다.

"시간이 해결해 줄 거야."

"그래도… 좋은 추억이 있잖아."

"힘내야지, 네가 버텨야지."

대신 이렇게 말했다.

"나는 아직도 어떤 날은 평소처럼 지내다가,

갑자기 주저앉을 때가 있어."

"나도 한동안 사람들이 '괜찮아졌지?'라고 물을 때마다 그 말이 너무 싫었어."

"완전히 괜찮아지는 건 없는 것 같아.

그냥 그 슬픔과 같이 사는 법을 조금씩 배우는 것 같아."

이 말들은 어떤 해결책도 제시하지 않았지만

내 마음속 깊은 곳에 정확히 닿았다.

왜냐하면 이 사람은 내가 발을 딛고 서 있는

바로 이 상실의 땅을

이미 지나온 사람이었기 때문이다.

겪어본 사람의 위로는 다르다는 걸 몸으로 이해하는 순간

그날 대화를 마치고 집으로 돌아오는 길,

나는 이상한 경험을 했다.

내가 짊어지고 있던 상실이라는 돌덩이가

가볍게 느껴진 것은 아니었다.

슬픔이 줄어든 것도 아니었다.

그런데 이 무게를 혼자 들고 있는 건 아니라는

느낌이 분명히 찾아왔다.

누군가, 보이지 않는 어딘가에서

같은 무게의 돌을 들고 서 있다는 생각.

그래서 조금은 덜 외로워진 느낌.

겪어보지 않은 사람의 조심스러운 위로가

'멀리서 건네진 손짓' 같았다면,

비슷한 상실을 겪은 사람의 위로는

내 옆에 와서 조용히 같이 앉아

같은 곳을 바라봐 주는 느낌이었다.

'내 아픔을 완전히 이해해 주는 사람은 그 사람뿐이다'가 아니라

'완전히 이해할 수는 없더라도

같은 색의 슬픔을 알고 있는 사람이다.'

그 인식이 상실의 사회 한가운데에서

나를 아주 조금 살게 했다.

그래도, 위로를 보내는 마음을 알기에

이 경험을 지나고 나서야 나는 다른 사람들의 위로를

조금 다르게 볼 수 있게 되었다.

겪어보지 않은 사람들이 나에게 건넸던 말들이

여전히 내 깊은 상처를 꿰뚫지는 못하지만,

그 말들을 과거만큼

차갑게 느끼지는 않게 되었다.

'그때 그 사람도 어떻게 해야 할지 몰라서

최선을 다해 조심스럽게 말을 건넸겠지.'

'나를 진심으로 생각하니까 어색한 말이라도 꺼냈겠지.'

상실을 경험한 뒤에야

위로하는 사람의 마음도

비로소 다시 보이기 시작한다.

그래서 우리는 안다.

겪어본 사람의 위로는 깊고,

겪어보지 않은 사람의 위로도

고맙다는 것을.

단지

깊이 닿는 방식이 다를 뿐이라는 것을.

상실의 사회에서, 우리는 이렇게 조금씩 변해간다

상실의 사회 속에서 우리는 처음에는

'아무도 나를 이해하지 못한다'고 느끼며

깊이 고립된다.

그러다 겪어보지 않은 사람들의 위로가

큰 힘이 되지 않는다는 사실에

또 한 번 상처받는다.

그러나 그 시간을 조금만 더 버텨내면,

우리는 결국 비슷한 상실을 겪은 누군가와

마주하게 된다.

그 만남을 통해 알게 된다.

이 슬픔은 나만의 것이 아니라는 것,

내 마음의 어둠을 이해하는 사람이 어딘가에 이미 존재했다는 것,

그리고 언젠가 나도 누군가에게 그런 사람이 될 수 있다는 것.

그래서 상실의 사회는 아주 차갑고 고립된 곳처럼 보이지만

그 안쪽에서는 비슷한 상처를 지닌 사람들이

서로를 지탱하며 미세한 온도를 나누는

아주 특별한 작은 사회로 자라난다.

그리고 언젠가, 우리는 그 사회 안에서

이렇게 말할 수 있게 된다.

"나는 아직 완전히 괜찮아지지는 않았어.

다만, 이 슬픔과 함께 살아내는 법을 배우고 있을 뿐이야.

그리고 그 경험 덕분에 너의 슬픔 앞에서도

쉽게 말하지 않을 줄 알게 되었어."

비로소, 우리는 상실의 사회에서 위로하는 법,

조심스럽게 다가가는 법,

끝까지 옆에 있어주는 법을 배워간다.

이것이 겪어보지 않은 사람의 위로와

겪어본 사람의 위로가 다르게 느껴지는 이유이며,

동시에 우리가 더 따뜻한 사회 구성원으로

성장해 가는 아주 조용한 과정이다.

세상은 계속 돌아가는데
나만 멈춰 있는 고립감

장례가 끝난 직후에는 모든 것이 흐릿했다.

가슴이 너무 아팠고, 몸은 무거웠고, 눈물은 끝없이 흘렀지만,

그래도 슬픔이라는 감정이 정직하게 흘러나오던 시절이었다.

하지만 시간이 조금 흐르자,

상실의 또 다른 얼굴이 서서히 모습을 드러냈다.

그건 처음의 울음보다 훨씬 더 조용하고,

처음의 절망보다 훨씬 더 깊었다.

그것은 바로 고립감이었다.

세상은 원래 속도로 돌아가는데

오직 나만 그 자리에 얼어붙어 있는 기분.

몸이 먼저 일상으로 돌아가지만,

마음은 여전히 정지된 자리

어느 순간, 조금 숨을 돌릴 수 있게 된 것 같았다.

밥도 먹고, 출근도 하고, 대화도 하며

겉보기엔 예전처럼 살아가는 듯했다.

그리고 가끔은

길을 걷다 문득 주변의 나무가 예쁘다는 생각이 들기도 했고,

햇살을 보며 '오늘 날씨 참 좋네'라고 느끼는 날도 있었다.

그럴 때면 '아, 그래도 조금은 나아지고 있구나'라는

희미한 안도가 찾아왔다.

하지만 그 모든 순간은

상실이 가려진 얇은 막 위를 걷는 느낌이었다.

버스를 타고 사람들 사이에 섞여 움직이고 있지만,

마음은 여전히 그날의 장례식장 바닥에 주저앉아 있었다.

찌릿한 공허감이 작게, 그러나 끊임없이 몸을 흔들었다.

왜냐하면 일상은 돌아와도

그 사람만은 돌아오지 않기 때문이다.

전화기가 울릴 것 같고, 문이 열릴 것 같은 착각

상실을 겪은 사람들은 누구나 말한다.

떠난 사람이 마치 방금 외출한 것 같은 느낌이 든다고.

나도 그랬다.

현실에서는 이미 떠나갔음을 알고 있는데,

어떤 날은

그 사람이 갑자기 문을 열고 들어올 것 같은 기분이 들었다.

핸드폰을 열 때면

'혹시 전화가 와 있지 않을까'라는

말도 안 되는 기대가 희미하게 스쳐갔다.

머리로는 불가능하다는 걸 아는데

몸은 자꾸만 그 가능성을 쫓았다.

특히 고인의 휴대폰을 본 순간

가슴이 쿵 내려앉았다.

지난 통화 기록, 남겨진 메시지들,

은행에서 오는 문자, 택배 알림.

모두 살아 있는 사람처럼 움직이고 있었다.

이 현실은 너무나 잔혹했다.

통신사를 찾아가 번호를 해지하는 일,

평범한 누군가에게는 아주 간단한 일일지 몰라도

상실을 경험한 사람에게는

그 번호를 끊는 것이

고인의 마지막 흔적을 끊어내는 것처럼 느껴졌다.

그래서 나는 그 번호를 여전히 남겨두었다.

삭제하지도, 정리하지도 못한 채

그저 휴대폰 속에 그대로 두었다.

혹시 그 사람이 다시 전화할 것 같은

어리석은 기대 때문이 아니라,

그 번호만은 내가 마지막까지 붙잡고 있는

가느다란 연결 같아서였다.

갑자기 날아오는 고인의 우편물이 던지는 돌덩이

고인의 이름이 적힌 우편물이 도착하는 날이 있다.
신용카드 명세서, 보험 안내서, 병원 진료 확인서….
평범했던 종이 한 장이
상실을 겪은 사람에게는
마음을 후벼 파는 칼처럼 다가온다.
'아… 이 사람은 이제 받을 수 없구나.'
'이제 이 이름은… 살아 있는 사람이 아니구나.'
잊고 살려고 발버둥 치는 날에도
이 우편 한 장은
잠시나마 정신을 다른 곳에 두고 있던 나의 가슴에
무심한 돌을 던졌다.
그 돌은 작지 않았다.
흉골을 직접 가격하는 듯한 묵직함이었다.
특히 자식을 떠나보낸 부모에게는
우편물이 더욱 잔인하다.
청구서 하나에도,
"○○님, 혜택이 업데이트되었습니다"라는 안내 문자에도
그 이름이 살아 있는 사람처럼 불려오기 때문이다.
우편물은 일상의 시간표대로 도착하지만
이름은 이제 현실의 시간이 아닌

떠나간 이의 시간을 가득 안고 온다.

그리고 나는 다시 멈춰 선다.

거리에서 스치는 실루엣 하나에도 무너지는 마음

겨울 거리에서 지나가는 어르신의 뒷모습이 보일 때,

그 어깨의 굽은 각도,

천천히 딛는 발걸음,

낡은 외투의 주름이

문득 떠난 부모님을 떠올리게 한다.

그 순간

가슴이 발목을 잡아끌 듯 무겁게 내려앉는다.

'저게 혹시… 엄마였으면.'

'저 모습, 아빠랑 너무 닮았는데….'

사실 전혀 닮지 않았을 때도 있다.

닮지 않았는데도

가슴은 그 사람을 그곳에 세운다.

아마도 마음은 늘 고인을 찾고 있는 것이리라.

자식을 떠나보낸 사람에게도 마찬가지다.

필요 이상으로 유난히 밝은 웃음을 짓는 또래 아이를 볼 때,

버스 창가에 팔을 기대고 졸고 있는 학생의 뒷모습을 볼 때,

마스크를 벗고 환하게 웃는 청년을 볼 때.

순간순간이 칼날처럼 마음을 찌른다.

'저 아이가 내 아이였다면…'

'지금쯤 저런 모습이었겠지…'

이 감정은 누가 설명해 주지 않아도 몸으로 이해되는 고립이다.

남겨진 유품의 시간은 멈춰 있고, 나는 그 앞에서 흔들린다

고인의 방은 시간이 정지된 공간처럼 느껴진다.

옷장 속 정리되어 있는 셔츠,

침대맡에 놓인 안경,

책상 위에 남겨진 펜 하나,

마시다 만 컵,

읽고 있던 책 사이의 북마크.

모든 것이

떠나기 전의 시간에 그대로 멈춰 있다.

어떤 날은

그 모습 그대로 두는 것이

내 마음을 지켜주는 듯했고,

어떤 날은

그 모습이 나를 더 아프게 했다.

하지만 분명한 건 아직 버릴 수 없다는 것이다.

정리해야 한다는 사실을 알고 있으면서도

그 행동은 상실을 다시 한번 체감하게 만든다.
그래서 우리는
'나중에⋯ 좀 더 마음이 정리되면'이라는 말로
유품의 시간을 붙잡고 살아간다.
그 '나중'은 쉽게 오지 않지만
그렇게 붙잡고 있는 시간이 상실의 사회에서는
스스로를 지탱하는 방식 중 하나다.

가족만이 공유하는 동일한 기억, 동일한 그리움

상실의 고립 속에서
유일하게 숨을 쉬게 해주는 사람들이 있었다.
나와 같은 기억을 가진 사람들,
같은 모습으로 떠나간 이들을 떠올리고
같은 목소리로 그리워할 수 있는 사람들.
바로
형제자매,
그리고 남아 있는 가족들이다.
형제자매와 이야기를 나누면
내 마음의 공허한 공간이
잠시라도 채워졌다.
아무 말 없이 한숨만 내쉬어도

서로 그 한숨의 의미를 알 수 있었다.

"오늘… 좀 많이 보고 싶더라."

"나도 그래."

이 짧은 대화가

그 어떤 조언보다 깊은 위로가 된다.

가족들은

같은 사람을 잃었다.

같은 추억을 품고 있었고,

같은 자리에서 넘어졌고,

같은 시간에 울었으며,

같은 이유로 가슴이 무너졌다.

그래서 그들은

내 슬픔의 깊이를 정확히 몰라도

슬픔의 방향을 알고 있는 사람들이었다.

그것만으로도 상실의 사회에서

우리는 조금 덜 외로워졌다.

스스로도 몰랐던, 주변을 향한 따뜻한 변화

이런 시간들이 흘러가면서

문득 깨달은 변화가 있었다.

내가 사람들을 바라보는 눈빛이

예전보다 많이 부드러워졌다는 사실이다.

버스에서 혼자 눈물을 훔치는 사람을 보면

무슨 사연일까 궁금해하기보다

그저 마음이 먼저 저려왔다.

직장에서 누군가 예민하게 반응하면

'저 사람도 뭔가 버티고 있는 게 있겠지'라는 생각이 들었고,

길에서 아이를 업고 가는 부모를 보면

세상이 너무 벅차 보일 때가 있었다.

상실을 겪고 난 뒤

나는 단단해진 것이 아니라

훨씬 더 깊어졌던 것이다.

그리고 주변 사람들의 작은 배려,

짧은 안부 하나,

무심코 건넨 따뜻한 말 한마디도

예전보다 훨씬 크게 느껴졌다.

이건 상실이 가져온 아주 조용한 변화였다.

이미 같은 슬픔을 건너온 지인이 건네는 위로가 너무 크게 다가오는 순간

그리고 어느 날, 오래 알고 지냈지만

그동안 상실을 겪었는지 몰랐던 지인이

내 앞에서 조심스럽게 말했다.

"나도… 몇 년 전에 부모님을 먼저 보내드렸어."

혹은

"우리 아이도… 많이 아팠어."

그 말 한마디에

나는 숨이 멈추는 듯했다.

그 사람의 위로는

앞선 누구의 말보다

너무 깊게, 너무 크게,

가슴의 빈자리에 그대로 내려앉았다.

그 사람이 하는 말은

실수하지도 않았고,

조급하지도 않았고,

어설프게 긍정하지도 않았다.

그저 이렇게 말했다.

"그 마음 알아."

"말 안 해도… 정말 알아."

그 순간만큼은

상실이 만들어 낸 고립의 벽이

조금은 사르르 녹아내리는 것 같았다.

내 감정이

내 안에서만 떠돌아다니던 것이 아니라

누군가의 가슴 깊은 곳에서도
똑같은 파동으로 울리고 있다는 사실이
이상할 만큼 큰 위로가 되었다.

**세상이 계속 돌아가는 것처럼 보여도,
사실 나도 아주 천천히 따라가고 있었다**

처음엔 세상이 너무 빠르게 변해
나만 뒤에 남겨진 것처럼 느껴졌다.
하지만 돌이켜 보면 나는 나대로
매일 아주 작은 속도로
세상을 따라가고 있었다.
그 속도는 누구와도 비교할 수 없는
나만의 속도였다.
출근을 하면서,
밥을 먹으면서,
형제와 대화를 하면서,
아이를 안아주면서,
우편물을 정리하며 울음을 참으면서,
고인의 번호를 아직도 삭제하지 못한 나를 바라보면서,
나는 조금씩, 정말 조금씩
다시 살아가고 있었다.

상실은 결코 극복되는 감정이 아니다.

다만 함께 살아가는 감정이 된다.

그리고 그 과정 속에서

나는 상실의 사회에서

조용히 성장하고 있었다.

멈춰 있었던 나는, 사실 많은 것을 보고 있었다

세상은 계속 돌아가는데

나만 멈춰 있는 것 같았던 시간들.

하지만 그 시간 속에서

나는 의외로 많은 것을 바라보고 있었다.

사람들의 마음결,

삶의 무게,

누군가가 버티고 있을지도 모르는 슬픔,

지인의 작은 배려의 소중함,

가족의 절대적인 힘,

사랑의 흔적,

그리고 나 자신의 단단함.

상실의 사회는

잔인할 만큼 조용하지만

그 속에서 우리는

가장 인간적인 감정들을 배운다.

외로움, 그리움, 고독, 슬픔.

그리고 그 너머에 있는

연대, 위로, 연결, 사랑.

세상은 계속 돌아가지만,

나는 그 속에서 멈춘 듯 움직이며,

움직이는 듯 멈춘 채

다시 살아가는 법을 배우고 있었다.

그리고 그 배움이

결국 나를 더 따뜻한 사람으로 만들고 있었다.

상실이 남긴 흔적과 다시 살아내는 법

상실을 겪은 뒤 처음 몇 달이 가장 고통스러웠다면,

그다음 시기는 무력한 버티기였다.

무너졌던 감정은 조금씩 모양을 바꾸기 시작했고,

눈물은 줄었지만 마음속의 빈자리는 그대로였다.

그 빈자리를 삶이 메워주지는 않았다.

시간이 해주는 역할은

비어 있는 자리를 없애주는 것이 아니라,

그 자리를 '지니고 살아가는 법'을

조금씩 익히게 해주는 것이었다.

일상으로 돌아오지만, 일상이 예전과 같지 않을 때

사람들은 종종 이렇게 말한다.

"시간이 지나면 괜찮아져."

하지만 나는 알게 되었다.

시간은 상처를 지워주지 않는다.

다만 그 상처를 들여다보는 나의 태도를 바꿀 뿐이다.

어느 날부터는

예전처럼 밥을 먹고,

설거지를 하고,

출근해서 회의를 하고,

동료의 농담에 웃기도 했다.

하지만 웃음의 뒤편에는

늘 한 뼘의 그리움이 있었다.

다른 사람들은 그걸 몰라도

나는 알고 있었다.

내 웃음은 예전과는 다른 결이었다.

행복해서 웃는다기보다는

그냥 살아가는 과정 속에서 웃음을 사용하는 느낌.

상실을 겪은 사람들은 웃는 법마저 조금 달라진다.

예전에는 웃음이 가벼운 일상이었다면

이제는 웃음이 살아 있는 증거처럼 느껴진다.

다시 적응해 가는 과정은 느리지만 분명히 존재한다

처음에는 외출조차 힘들었다.

걷다가도 이유 없이 눈물이 날 것 같아

사람 많은 곳을 피하게 되었다.

하지만 어느 순간

나는 다시 시장에 갔고,

카페에서 혼자 커피를 마셨고,

가끔은 영화도 보러 갔다.

그 과정은 다른 사람들에게는 아무렇지 않은 일이지만

상실을 겪은 내게는

마치 한 계단씩 오르는 것처럼 느껴지는 순간이었다.

다시 살아가는 법은 크고 거창한 변화가 아니라

아주 사소한 도전들이 모여 완성된다.

집 근처 공원을 산책하는 일,

고인의 사진을 보면서도 무너지지 않는 것,

혼자 밥을 먹으면서도 당황하지 않는 것,

아이에게 더 부드럽게 말하는 것.

이런 작은 일들을 하나둘 해내면서

나는 조금씩 다시 살아가고 있었다.

그리움은 사라지지 않는다, 다만 향기로 남는다

처음의 그리움은 날카롭고 자극적이었다.

가슴을 긁고, 잠을 깨우고, 식사도 못 하게 하는

칼날 같은 감정이었다.

하지만 시간이 지나면서 그리움의 모양이 조금씩 바뀌었다.

어느 날, 고인의 옷에서 나는 오래된 향수를 맡았다.

그 향이 나를 무너뜨릴 줄 알았는데,

어쩐지 따뜻하게 느껴졌다.

그때 깨달았다.

그리움은 시간이 지나면 고통에서 향기가 된다.

그 향기는 여전히 가슴을 조이지만

내 삶을 통째로 무너뜨리지는 않았다.

고인의 사진을 보며

"보고 싶다"는 말을 조용히 속으로 되뇌는 날

나는 울지 않았다.

그저 마음이 깊게 흔들릴 뿐이었다.

그 흔들림은 고통이 아니라

사랑의 잔향 같았다.

상실이 만든 단단함은 나조차 예상하지 못했던 변화였다

어느 순간부터

나는 '나'를 다시 발견하고 있었다.

상실 이후의 나는

예전보다 더 약해진 사람이 아니라

예전보다 훨씬 더 단단하고 깊어진 사람이었다.

이 단단함은

겉으로 드러나는 강함이 아니라

조용한 내면의 힘이었다.

누군가의 작은 아픔에도 먼저 마음이 가고

사람들의 말 뒤에 숨어 있는 외로움을 읽을 줄 알게 되었고

가족의 존재가 얼마나 소중한지 뼈저리게 느꼈고

관계를 유지하는 마음의 온도가 바뀌었다

특히 '말조심해야지'라는 생각보다

'그 말이 저 사람에게 상처가 될까?'라는 생각이

먼저 드는 사람이 되어 있었다.

상실은 나를 아프게 했지만

그 아픔은 나를 더 다정하게 바꾸고 있었다.

비슷한 상실을 겪는 사람에게 건네는 위로의 깊이

상실을 겪은 뒤

비슷한 어려움을 겪는 사람들의 소식을 들으면

이전과는 다른 반응이 나에게서 흘러나왔다.

누군가 부모님을 떠나보냈다는 소식을 들으면

내 가슴이 먼저 철렁했다.

말을 꺼내기 전에 내 눈빛이 먼저 그 사람에게 닿았다.

자식을 먼저 떠나보낸 지인의 이야기를 들었을 때는

말없이 손을 잡아주었다.

그저 그 손을 잡고 있는 것만으로

내가 전달할 수 있는 거의 전부였다.

그리고 이런 말이 자연스럽게 입에서 흘러나왔다.

"지금 어떤 기분인지… 정확히 알 수 있어요."

"시간이 해결해 준다는 말,

지금은 듣기 싫겠지만…

그 시간이 어떻게 흘러가는지

나는 조금 알고 있어요."

이 위로는

책에서 본 말도 아니고,

누군가에게 배운 말도 아니라

상실이라는 사회가 나에게 몸으로 새겨준 말이었다.

그 위로를 들은 사람들의 표정이

살짝 흔들리던 순간

나는 또 하나의 진실을 깨달았다.

내가 경험한 상실은

누군가에게 닿기 위한 길이기도 했다고.

상실의 사회가 나를 성장시켰다는 사실을 조용히 알게 되는 순간

상실을 겪은 뒤

나는 예전보다 삶을 더 깊이 바라보게 되었다.

하루가 더 조용하고,

시간의 흐름이 더 소중하게 느껴졌다.

그 사람과 함께하지 못하는 시간들,

이제는 기억 속에만 존재하는 추억들,

모든 것이 나에게 중요한 메시지를 남겼다.

사랑은 더 미뤄서는 안 되는 것이고

말 한마디는 누군가의 하루를 바꿀 수 있고

위로는 반드시 조심스러워야 하고

곁에 있는 사람을 당연하게 여겨서는 안 되고

살아 있다는 사실만으로도 충분히 감사한 순간이 있다는 것.

상실은 내 삶의 기준을 바꿔놓았다.

나는 슬픔을 극복한 것이 아니라

슬픔과 함께 살아가는 사람이 되었다.

그 슬픔은 나를 조금씩 단단하게 만들었고

그 단단함 덕분에

누군가의 상실 앞에서

흔들리지 않는 사람이 될 수 있었다.

이겨냈다는 표현보다 함께 살아간다는 말이 맞다

상실은 이겨내고 극복하는 감정이 아니다.

어느 날 갑자기 사라지는 감정도 아니다.

그저 붉은 상처가 점점 옅은 흉터로 바뀌듯

아픔의 색이 바뀌고 그 흉터 위로

새로운 삶의 결이 덮여갈 뿐이다.

가끔은 흉터가 다시 벌어지는 날도 있다.

그럴 때면 내가 아직 멀었다며 자책하기도 한다.

하지만 그조차도 상실을 겪은 사람의 자연스러운 과정임을

나는 이제 알고 있다.

상실은 평생 함께 살아가는 감정이다.

그리고 그 감정은

나를 무너뜨리는 것이 아니라

나를 다시 빚어내는 힘이 되었다.

상실을 지나온 나의 모습은, 생각보다 아름다웠다

나는 여전히 그리워한다.

그리워하면서도 살아간다.

아프면서도 제 몫의 삶을 꾸린다.

그리고 이제는 이렇게 말할 수 있다.

"그때의 나는 많이 무너졌지만,

그 무너짐 속에서 나는 정말 많이 자랐다."

상실의 사회는 잔혹할 만큼 차갑지만

그 속을 버티고 나온 사람은

어떤 고통에도 쉽게 흔들리지 않는

깊고 따뜻한 사람이 된다.

나는 그 사회에서 다시 태어난 기분이었다.

이제는 누군가에게 따뜻한 위로를 건네는 '나'가 되었다

예전의 나는 누군가의 상처 앞에서

"힘내요"라는 말이 최선이라고 생각했다.

하지만 이제는 안다.

그 말이 얼마나 조심스러워야 하고,

얼마나 무기력할 수 있는지.

그래서 비슷한 고통을 겪는 이들을 만나면

나는 천천히, 그리고 아주 조용히 말한다.

"당신의 마음을 속도에 맞춰 살아가면 돼요.

누구의 기준도 따르지 않아도 돼요.

그리워하는 마음은 잘못이 아니에요."

이 말을 들은 사람의 눈빛이

조금씩 흔들리는 모습을 볼 때 나는 느낀다.

상실의 사회가 나를 이렇게 단단하게

그리고 이렇게 따뜻하게 만들었다는 것을.

아프고, 견디고, 다시 아프고, 다시 견디며 결국 성장한 나

상실은 견디면 견딜수록

사람을 더 깊게 만든다.

아프면서도 버티고,

버티면서도 그리워하고,

그리워하면서도 다시 걸음을 내딛다 보면

그 고통의 반복 속에서

의미와 성장이 꽃처럼 피어난다.

상실로 인해

나는 세상을 더 조심스럽게 다루는 사람이 되었고,

사람의 마음을 가볍게 판단하지 않는 사람이 되었고,

누군가의 고통 앞에서

말보다 마음으로 반응하는 사람이 되었다.

그 변화는 상실 이전의 내가 상상할 수 없었던 모습이었다.

결국 상실은 나에게 이렇게 속삭였다

"너는 잘 살아가고 있어.

그리움과 함께 살아가는 것,

그게 바로 사랑의 또 다른 형태야."

상실은 내 마음에 깊은 흔적을 남겼지만

그 흔적은 나를 망가뜨린 것이 아니라

나라는 사람을 더 넓게, 더 깊게 만들어 준

가장 거대한 경험이었다.

나는 이제 안다.

그리워하고, 견디고, 아프고, 이겨내고,

다시 그리워하는 모든 순간들이

결국 나를 성장하게 만들었다는 것.

그리고 이 경험은 내가 앞으로 누군가에게 건넬

가장 진짜 위로의 밑바탕이 될 것이다.

✳ 경험이 만들어 낸 인간의 따뜻한 힘

우리는 지금 AI가 빠르게 발전하는 시대를 살아가고 있다.

AI가 글을 쓰고,

그림을 그리고,

문제를 풀어주고,

정보를 가공하며 어쩌면 인간의 많은 영역이

곧 대체될 것이라는 말도 너무 낯설지 않은 시대다.

사람들은 이제

'인간의 역할이 무엇인가'라는

질문을 점점 더 많이 던진다.

하지만 나는 이렇게 말하고 싶다.

인간만이 가질 수 있는 절대적인 가치가 있다.

그 가치는 학습이 아니라

경험에서 온다.

AI는 지식을 학습하고, 패턴을 기억하며,

수많은 데이터를 분석할 수 있지만

AI는 결코 경험하지 못한다.

아파본 적도, 울어본 적도, 누군가를 잃어본 적도,

사랑 때문에 무너져 본 적도 없다.

하지만 인간은 겪는다.

그리고 그 경험 속에서 성장한다.

그 경험은 누구도 대신할 수 없는,

세상에서 가장 고유하고 깊은 인간의 자산이자 따뜻함이다.

우리는 모두 큰 사회 속에서 살아가지만

그 안에는 보이지 않는 무수한 작은 사회들이 있다.

투병하는 사회,

난임의 사회,

이혼의 사회,

상실의 사회.

이 사회들은 겪기 전에는 보이지 않고,

겪어본 사람만이 그 감정의 무게를 전부 이해할 수 있다.

투병의 사회에 들어가기 전에는

항암실에서 교차하는 눈빛의 의미를 알 수 없고,

보호자의 하루가 얼마나 무겁게 흘러가는지 알 수 없다.

난임의 사회를 겪기 전에는

병원 대기실에서 서로의 초조한 손끝을 읽어내는

연대의 의미를 알 수 없다.

이혼의 사회에 서보기 전에는

무너져 내리는 관계의 잔해 속에서

다시 자신을 세우는 용기가 얼마나 어려운지 알 수 없다.

상실의 사회를 겪기 전에는

세상은 돌아가는데 오직 나만 멈춘 듯한

고립감을 상상조차 할 수 없다.

이 작은 사회들은

누구에게나 마주칠 수 있는 삶의 풍경들이지만

결국 겪어본 사람만 이해하는 세계이기도 하다.

그 경험이 너무 아프고,

때로는 너무 잔인하고,

절대로 다시는 돌아가고 싶지 않은 순간들일지라도

그 경험들은 결국 인간을 더 깊고 따뜻한 사람으로 만든다.

✳ 경험은 인간을 단단하게 만들고, 동시에 더 따뜻하게 만든다

우리가 아프고,

무너지고,

다시 일어서고,

또다시 흔들리며 살아가는 이유는 단순하지 않다.

그 과정 속에서

우리는 배우지 않았던 것들을 몸으로 배운다.

상처의 깊이를 이해하는 법,
조심스럽게 말을 건네는 법,
누군가의 어두운 시간을 가볍게 여기지 않는 법,
고통 앞에서 침묵이 때로는 최고의 위로가 되는 법,
스스로를 지키면서도 타인을 보듬는 법.

이 모든 것들은 AI가 아무리 발전해도
대체할 수 없는 '경험의 지식'이다.
AI는 위로의 문장을 만들 수는 있지만
그 위로가 어디에서 나온 것인지 이해하지 못한다.
하지만 인간은
상실을 겪고,
난임을 겪고,
이혼을 겪고,
투병을 겪으며
그 모든 감정의 결을 몸으로 안다.
그렇기 때문에
누군가의 아픔 앞에서
적절한 온도의 침묵,
적절한 눈빛,

적절한 말 한마디를 건넬 수 있다.

이것이 인간의 힘이다.

✴ 작은 사회와 마주칠 때 두려워 말라

그것은 결국 당신을 성장시키는 길이 된다.

우리가 살아가면서 마주하는 작은 사회들은

처음엔 낯설고 두렵다.

난임의 사회로 들어갈 때,

암 병동의 문을 두드릴 때,

가정법원 입구에 서 있을 때,

장례식장의 하얀 벽 사이를 걸을 때

사람은 누구나

이 문들을 '절대 들어가고 싶지 않은 세계'라 느낀다.

하지만

삶은 우리가 원하지 않았던 순간들로

조용히 우리를 데려가곤 한다.

그리고 그 문을 넘는 순간

우리는 고통스럽지만

결국 성장하고 만다.

다시 살아가는 힘을 얻고,

이전에는 보지 못했던 사람들의 마음을 읽게 되고,

세상을 더 따뜻하게 바라보는 눈을 갖게 된다.

✳ 인간은 경험을 통해 사회를 따뜻하게 만든다

우리는 작은 사회를 경험하면서
비슷한 아픔을 겪는 이들에게
본능처럼 손을 내밀게 된다.
그는 나와 같은 상처를 가진 사람이고,
나와 같은 길을 건너온 사람이고,
나와 같은 고통을 견뎌낸 사람이라는 이유로
그에게 건네는 위로가
어느 누구의 것보다 깊게 닿는다.
그리고 그 순간 우리는 깨닫는다.
'내가 겪은 아픔이
누군가에게 닿아 그의 아픔을 조금 덜게 해주는구나.
그렇다면 내가 견딘 이 시간은 헛되지 않았다.'
나의 경험이
누군가에게는 다시 살아가는 힘이 되고,
어떤 이에게는 하루를 버틸 작은 온기가 된다.
이것이야말로
AI가 절대로 가질 수 없는
인간만의 능력이다.

경험을 통해 사람을 위로할 수 있는 힘.

그 힘은 인간에게만 존재하는 가장 따뜻한 가치다.

✴ 그리고 마침내, 우리는 이렇게 말할 수 있다

"나는 많은 사회를 지나왔고,

그 속에서 아팠고,

견뎠고,

버텼고,

다시 살아냈다.

그래서 나는 지금보다 더 나은 사람이 되었다."

우리는 성장한다.

그 성장은 기술이 아닌 경험에서 오고,

데이터가 아닌 감정에서 오며,

학습이 아닌 버텨낸 순간들에서 온다.

이 책에서 다뤘던

수많은 작은 사회들을 지나오며

우리는 모두

더 깊어진 마음, 더 넓어진 시선,

더 따뜻한 인간으로 자라났다.

그 성장은 AI가 아무리 발전해도

결코 닿을 수 없는

인간만의 아름다운 영역이다.

나는 믿는다.

경험을 통해 성장한 인간의 마음은

AI 시대에도 결코 대체되지 않을 것이다.

오히려 사회를 더욱 따뜻하게 비추는 빛이 될 것이다.

✻ 우리는 경험을 통해 또 다른 작은 사회를 볼 수 있게 되었다

마지막으로 각자 경험하지 못해 보이지 않았던,

수많은 작은 사회들에도 따뜻한 온기를 전했으면 한다.

한부모의 사회, 독거노인의 사회, 소년 가장의 사회, 실직자의 사회,

경력단절 여성의 사회, 워킹 맘의 사회, 취업 준비생의 사회,

군 복무자의 사회, 발달장애 아동 부모의 사회,

성소수자의 사회, 경제적 빈곤층의 사회, 정신질환 가족의 사회.

수많은 사회에서

우리는 각자 그 안에서 아프고, 견디고, 버티고,

때로는 무너졌다가 다시 일어나며 하루를 살아낸다.

우리가 지나온 사회는 각자 달랐고,

그 안에 흘린 눈물의 모양도 모두 달랐지만,

그 경험들은 결코 작은 사회 안에만 머물지 않을 것이다.

우리가 버틴 하루하루는
누군가에게 닿는 따뜻한 손길이 되고,
또 다른 사회를 지탱하는 보이지 않는 힘이 될 것이다.
오늘의 아픔조차
누군가를 살리는 내일의 온기가 될 것이니,
견디고,
버티고,
이겨내서
따뜻한 공감과 위로를 여러 사회에 전해주길
진심으로 응원하고 바란다.

경험이 건네는
위로와 공감

초판 1쇄 발행 2026년 01월 05일

지은이 박승민
펴낸이 류태연

펴낸곳 렛츠북
주소 서울시 영등포구 문래북로 116, 1005호
등록 2015년 05월 15일 제2018-000065호
전화 070-4786-4823 | **팩스** 070-7610-2823
이메일 letsbook2@naver.com | **홈페이지** http://www.letsbook21.co.kr
블로그 https://blog.naver.com/letsbook2 | **인스타그램** @letsbook2

ISBN 979-11-6054-793-1 03810